몇 번의
계절을 ✳ 지나

몇 번의
계절을   지나

유 금 복
에 세 이

들어가며

입춘이 지났지만 동장군은 굳건히 제자리를 지키며 전혀 갈 생각 조차 없습니다. 찬바람이 코끝을 스치고 우리를 움츠러들게 하지만 멀리서부터 봄이 다가오고 있습니다.

전혀 경험해 보지 못했던 코로나19 팬데믹에 온 세계가 허덕이는 작금의 현실에 멀쩡한 가족을 영원히 떠나보내야만 했던 많은 분들도 계십니다. 우리 모두 위로가 필요한 때인 것 같습니다. '이 또한 지나가리라' 제가 좋아하는 문구입니다. 인류 역사상 가장 많은 감염병자를 낳은 코로나19지만 올해는 반드시 끝이 나기를 소망합니다.

인생에 있어 겨울의 어두운 터널을 지나고 있는 분들이 계신다면 봄은 반드시 오고야 만다는 말씀을 꼭 드리고 싶습니다. 저 또한 겨울의 터널을 통과해 보았기에 감히 전하고 싶습니다.

그동안 틈틈이 썼던 글들을 모아 여기 책을 엮었습니다. 모든 분에게 작은 위로와 따뜻한 봄을 선물하고 싶습니다. 사랑하는 남편과 우리 아들, 딸, 며느리에게 항상 고맙다는 말씀을 전합니다.

2022.2.8. 봄이 오는 길목에서

차례

1992년의 크리스마스이브가 깊어 갑니다. 오늘은 출애굽 하여 가나안 땅에 들어왔습니다. 모세가 이스라엘 백성들을 이끌고 출애굽했던 시나이 반도도 밟아 보고 그 유명한 수에즈운하도 건너서 지루한 출입국 수속을 밟아 예루살렘땅까지 당당히 입성했습니다. 이집트 경찰의 호위 아래 새벽 5시 30분에 출발하여 예루살렘까지 장장 12시간을 시달리며 도착했습니다.

사막을 지나며 귀로만 듣던 오아시스도 보고 지중해도 보고 유목민들도 만날 수 있었습니다. 나뭇가지로 엮어 마치 동물의 우리처럼 해 놓고 살며, 빨래를 널어놓기도 하고 천진한 아이들은 마냥 즐거이 뛰놉니다.

성욱이는 너무도 순해서 사람마다 칭찬이 자자하며 가는 곳마다 사랑을 받습니다. 할아버지, 할머니, 아줌마, 아저씨, 아이들까지도 막론하고 덥석덥석 안기며 그 귀여운 웃음을 던집니다. 성욱이가 인기 만점입니다. 단지 오늘 저녁 배가 너무 고파서 울어서 걱정했지만 말입니다. 지금도 쌔근쌔근 잠들어 있습니다.

어제는 피라미드와 스핑크스를 보았습니다. 그리고 예수 피난처 교회와 이집트의 박물관과 기독교 박물관도 관람하였습니다. 그 거대한 피라미드와 스핑크스를 대할 때 다만 놀랍기만 합니다. 허리를 구부려 얼마만큼이나 내려가고 올라가니 왕의 관이 있던 곳에 닿았습니다. 몇천 년 전 750km의 거리에서 그 수많은 화강암을 운반하여 순전히 돌로만 맞물려 만들어 놓은 피라미드를 볼 때 당시에 얼마만큼의 학문이 발달했는가 문화가 발달했는가를 엿볼 수 있었습니다.

이집트 사람들의 삶의 모습들을 이틀간 조금이나마 지켜볼 수 있었는데 그들은 참으로 편하게 살아가더군요. 바쁜 것도 없고 차(버스)도 아무 데서나 내리고 타기도 하고 매달려서도 잘 갑니다.

거리에서 빵 한 조각으로 요기를 마치고도 무엇이든지 신의 뜻이라고 한답니다. 아랍어로는 '인샬라'입니다. 인사말은 '샬람마리꿈'이고 그의 대답은 '마리꿈샬람'입니다.

피라미드에서 낙타를 탈 기회가 있었는데 같이 탈 사람이 없어서 포기했습니다. 안타깝게 생각하며 당신과 함께 낙타를 탈 기회를 생각해 봅니다. 그럼 여보, 메리크리스마스.

with my love
예루살렘에서 사랑하는 아내가

✱ 시험감독

성욱이 학교 시험감독을 하고 왔습니다. 새벽부터 서둘러 149번 버스를 타고 학교로 갔습니다. 따뜻한 차와 간식거리가 있었고 교장 선생님과 교감 선생님께서 직접 나오셔서 감사 인사를 하셨습니다.

저마다 너무도 귀하고 사랑스러운 아이들이 온통 시험에 열중해 있는 모습이 한편으로는 든든하기도 하고 한편으로는 안타깝기도 했습니다. 통과의례를 치르고 있는 우리의 자랑스러운 아이들, 진정 이 나라를 이끌어 갈 일꾼들이 쑥쑥 자라고 있었습니다.

참으로 어려운 과정에 있는 아이들이죠. 새벽부터 또 새벽까지 밤잠 설쳐 가며 공부에 시달려야 하는 우리의 아이들이 좀 더 크게 좀 더 넓게 세상을 보고 각자의 꿈을 이루어 나가기를 기도합니다.

✳ 스케이트를 처음 타던 날

서연이가 어제 처음으로 스케이트장에 갔고 스케이트 신발을 신었습니다. 학교에서 일주일간 스케이트 강습이 있는데 이번 주에 시행합니다. 장소는 고려대학교아이스링크랍니다. 신발이 행여 벗겨질까봐 너무 조였는지 발목이 아프다고 합니다.

하루 동안 학교 수업에, 스케이트, 피아노 학원, 영어 학원까지 강행군을 한 하루였답니다. 많이 피곤했는지 조금 보채더니 일찍 잠이 들었습니다. 어느새 자라서 학교생활 하는 것을 보면 기특하고 자랑스럽습니다.

무엇이든지 처음 시작이 어렵고 두렵습니다. 아이가 얼음 빙판에서 처음 스케이트를 탄다면 무척이나 떨릴 거라 생각됩니다. 우리도 처음 부딪히는 어려운 일을 담대하게 이겨 내면 얼음 위를 씽씽 달리는 아이들처럼 재미있게 즐기며 삶을 살아 낼 수 있지 않을까요?

　성욱이가 학교에서 가계도를 만든다고 증조할아버지, 증조할머니부터 할아버지 할머니, 증조 외할아버지, 증조 외할머니, 외할아버지, 외할머니의 존함을 물어보았습니다.

　저는 마침 모두를 기억해서 알고 있었지만, 박 집사는 잘 생각이 나질 않는다고 했습니다. 아침에 제가 동사무소에 가서 제적등본을 떼어 오라고 했더니 박 집사가 금방 떼어 와서 자신의 역사를 보았습니다. 박 집사의 할아버지, 할머니는 일찍 돌아가셔서 얼굴도 뵙지 못했다고 합니다.

　우리 모두는 뿌리가 있습니다. 〈쿤타킨테〉로 기억하는데 한 흑인이 자기의 뿌리를 찾아가는 영화가 생각납니다. 외국으로 입양 갔던 우리의 형제자매들이 뿌리를 찾아서 한국을 오는 장면들을 많이 봅니다.

　우리의 부모가 누구인지 할아버지, 할머니가 누구인지 할아버지의 할아버지의 할아버지가 누구인지를 알아보고 자기의 정체성을 찾아가는 여정입니다. 우리도 하나님의 자녀라는 정체성을 확립하고 하나님의 자녀답게 하루하루를 살아가야 한다는 생각을 했습니다.

하나님 보시기에 아름답게 날마다의 여백을 채워 나가야 합니다. 하나님께서 늘 기뻐하라 하셨으니 늘 기뻐하고 감사하라 하셨으니 감사하고 쉬지 말고 기도하라 하셨으니 쉬지 말고 기도해야겠습니다.

아름다운 가을입니다. 수북이 쌓인 낙엽의 융단을 밟으며, 오늘도 당신을 찬양합니다.

✳ 단풍

아침에 뒷동산에 운동 갔다가 서연이 주려고 빛 고운 단풍잎을 골라 몇 개 따 오기도 하고 줍기도 했습니다. 아직은 제대로 단풍이 들지는 않았는데 찬바람이 불기 시작하니 본격적으로 옷을 갈아입습니다. 핏빛 단풍잎을 따 책갈피에 곱게 끼우니 어린 시절 강원도 정선의 절골 단풍이 떠올랐습니다. 시냇가라 키 큰 단풍나무도 아니고 키 작은 단풍나무들이었는데 그 빛깔이 어찌나 아름다웠던지요.

해마다 고운 단풍잎 모아 책갈피에 끼우고 가을을 아쉬워했습니다. 지나간 모든 것들은 그리워진다고 한 시인의 말처럼 그 시절은 생각할수록 가슴 저리게 그립습니다.

영국에 있을 때는 그곳을 어찌나 가고 싶던지 향수병이 날 정도였습니다. 몇 해 전 남편, 아들, 딸 모두 함께 갔었는데 내 유년 시절 속의 절골은 간데없고 나무만 무성했습니다. 사방이 병풍 되어 있는 산은 그대로인데 내 놀던 바위산은 어디로 갔는지 짙은 녹음에 가려 흔적도 없었습니다. 다만 냇물에 발을 조금 담그다 돌아왔을 뿐입니다.

그래도 추억은 영원히 남습니다. 그래서 저는 우리 가족들이 함께 할 추억들을 많이 만들고 싶습니다.

어제는 11월 11일 일명 빼빼로데이였습니다. 서연이는 저녁쯤 빼빼로를 사야 한다고 했습니다.

저는 아이들이 무얼 사 달라 할 때 바로 사 주지 않습니다. 꼭 필요한 것인지 묻고 나중에 사도 된다면 뒤로 미루죠. 요즘 우리들에게는 조급증이 있습니다. 무엇이든 바로바로 눈앞에서 해결되어야만 하는. 저는 아이들에게 기다림의 미덕을 알려 주고도 싶고 기다리는 기쁨과 함께 본인이 그것을 얻기 위해 노력하게도 합니다.

사실 경제관념에 관한 교육도 아주 어린 나이부터 시작을 했습니다. 생후 30개월쯤부터. 저는 서연이에게 이렇게 말해 주었습니다. "요즘 경제도 어렵고, 가능하다면 절약을 해야만 한다. 빼빼로데이니 밸런타인데이니 하는 것들은 우리의 명절이 아니고 장사꾼들이 장삿속으로 만들어 놓은 날이란다." 그러나 서연이는 아니라고 부인하면서 꼭 빼빼로를 사야만 한다는 겁니다.

하는 수 없어 아빠와 함께 빼빼로를 제과점에서 사 왔습니다. 이제 자기 욕구가 채워졌는지 아이는 만족한 미소를 지으며 종이를 오리고 붙이고 해서 편지를 적었습니다. 엄마, 아빠, 오빠 모두에게요.

나중엔 아빠에게도 빈 용지를 내밀며 굳이 편지를 적어야 한다는 겁니다. 오빠에게 적으라고 정해 주면서 말입니다. 덕분에 박 집사는 큰 도화지 한 장에 아들에게 보내는 애틋한 사랑의 편지를 적을 수밖에 없었습니다. 딸이 이렇게 가족의 화목을 돕나 봅니다. 특히 오빠에게는 영어로 편지를 적어서 보냈습니다. 삐삐로 사면 안 된다고 장황한 설명까지 했는데 조금은 미안했습니다.

　가을은 아직 갈 채비를 하지도 않았는데 겨울이 성큼 다가왔습니다. 바람은 쌩쌩 귓전을 때리고 갈 바를 모르는 낙엽들은 이리저리 뒹굽니다. 박 집사와 함께 뒷동산에 아침 운동을 갔는데 단풍잎들이 수북이 쌓여서 푹푹 밟았더니 푹신푹신했습니다.

　엊그제만 해도 아직 녹색 단풍잎들이 있었는데 이젠 모두 다 물이 들어 제각기 색을 갈아입었습니다. 벌써 많은 잎을 떨어뜨려 앙상한 가지만 있는 나무도 있었습니다. 이제 오는 겨울을 이겨 내려고 채비를 하는 중이겠지요. 낙엽을 떨구어야만 살아남을 수 있기에. 우리네들도 이 겨울을 이겨 내야만 하는데 그러려면 나무처럼 해야 한다는 생각을 했습니다.

　동심의 서연이는 마냥 크리스마스를 기다리며 즐겁습니다. 우리 집 작은 거실엔 크리스마스 장식들로 가득하답니다. 미리 준비를 해야만 하는 서연이는 한 달쯤 전에 벌써 준비를 완료했답니다. 색색의 풍선과 직접 그린 크리스마스 장식과 박 집사가 뒷동산에서 따 온 열매들과 오색의 불빛들.

　나이가 들어가면서 점점 겨울이 좋아지지만은 않습니다. 연료비도 많이 들고 움츠러들고 춥고 옷값도 더 비싸고 가진 것 없는 서민들에겐 가벼운 계절 여름이 최고입니다.

그래도 견뎌 내야만 하기에, 하나님께서 주셨기에 감사하며 이겨 내야죠. 이 겨울이 지나고 나면 찬란한 봄이 기다리기에 그 기다림으로 그 희망으로 그 꿈으로.

2008년 한 해는 제 개인적으로나 세계적으로 국가적으로 정말 많은 일이 있었습니다. 우선 저와 박 집사는 결혼 20주년을 맞이했고, 우리 성욱이와 서연이가 각각 고등학교와 초등학교를 입학했답니다. 사랑하는 친정엄마를 이 땅에서는 영원히 보내 드려야 했으며, 만 10년 만에 찾아온 미국발 금융 한파가 다시 우리를 얼어붙게 합니다.

1997년 12월에 이름도 생소한 'IMF'라는 단어가 우리를 지배했었죠. 그리고 1998년 많은 이들이 정들었던 직장을 쫓겨나 거리에 내몰리고 그중 많은 이가 스스로 목숨을 끊었으며, 노숙자, 가족의 해체 등 암울한 삶을 살아야만 했습니다. IMF의 여파로 우리 가족도 많은 고통을 감수해야만 했답니다. 2001년 스스로 사표를 던지고 박 집사는 자영업자로 변신을 할 수밖에 없었습니다.

이제 다시 너무도 추운 겨울이 찾아왔답니다. 그러나 참고 견디는 자에게는 반드시 봄이 오기에, 오고야 말기에, 이겨 낼 겁니다. 사랑하는 우리 교우 여러분, 어떠한 어려움이 있더라도 이겨 내시길 기도드립니다. 하나님께서 사랑하는 자녀들을 위해 더 좋은 것으로 주시기 위해 준비해 두셨으리라 믿습니다. 오늘도 힘내시고 승리하시길 기도드립니다.

✳ 열매의 기쁨

우리 사무실 한편엔 만냥금이 자리하고 있습니다. 겨울엔 잔뜩 움츠리고 있다가 봄이 오면 그 여린 잎들을 키워 내다가 어느새 짙은 녹색으로 자라난답니다.

처음 우리에게 왔을 땐 수많은 빨간 열매들이 알토랑 같이 그득했었습니다. 열매들을 보는 재미가 쏠쏠했는데 열매들은 하나둘 떨어져 버리고 화분에 떨어진 씨앗 속에서 기적같이 아주 작은 만냥금들이 자라나기 시작했습니다. 대여섯 개쯤 되었는데 이웃에 홀로 사시는 할머니 두 분이 새싹을 달라 하시기에 분양을 해 드렸습니다.

얼마 전 그중 한 분이 사무실에 방문하셔서 전에 가지고 갔던 그 작은 새싹이 우리 것보다 더 크게 자라났다고 하시는 겁니다. 꼭 와서 보라고 하시기에 마침 방문을 할 기회가 있어서 보았는데 수많은 잎이 하늘로 치솟아 있었고 지금도 끊임없이 새싹을 틔우고 있었습니다. 너무도 대견하고 아름다운 모습에 저는 그저 감탄만 할 뿐이었답니다.

지금 우리 만냥금은 아주 새빨갛고 굵은 열매를 다섯 개 매달고 있습니다. 사무실은 햇빛이 들지 않기에 잘 자라 주는 것만으로도 감사하고 기특하죠. 작년에 아주 여리고 작은 흰 꽃이 피기에 제가 사무실 밖에 몇 번 내어놓았는데 그사이 벌과 나비가 찾아 주었는지 열매가 맺혔습니다. 처음엔 너무도 작았는데 이젠 제법 위풍당당하답니다.

생명의 신비로움, 이제 봄이 오면 우리 만냥금은 빛이 들지 않는 사무실에서도 또 다른 새싹을 피워 풍성한 잎으로 자라날 겁니다. 우리네 인생들도 어떠한 환경 속에서도 열매를 맺어야 한다는 생각을 합니다. 한 알의 열매가 자라 수백 배의 또 다른 열매를 이뤄 내기 위해 말입니다.

새해 우리 교회에도 수많은 아름다운 열매들로 가득 차길 기도합니다.

명절 내내 안과에 출퇴근하느라 무척이나 바쁘고 힘들게 보냈답니다. 원인이 무엇인지는 정확하지 않으나 아마도 눈썹이 눈을 찌르지 않았나 하는 생각이 듭니다.

지난주에 왼쪽 눈이 충혈되었기에 좀 피곤해서 그러려니 하고 며칠을 그냥 스쳐 보냈습니다. 그러다 불편하기에 티슈로 좀 닦아 보았습니다. 그것이 큰 불찰이었나 봅니다. 급기야 이러다간 안 되겠다 싶어 고대병원 응급실로 갔는데 상처가 깊어서 낮에도, 심지어 잠잘 때까지도 한 시간 간격으로 안약을 넣어야 한다는 것이었습니다.

덕분에 성욱이가 계속 밤을 새워 가며 한 시간 간격으로 안약을 넣어 주었고, 박 집사도 일조를 했습니다. 만약의 경우에는 각막이식을 해야 한다는 말에 아들이 많이 겁을 먹었나 봅니다. 고생한 성욱이가 너무도 고맙고 기특하답니다.

신문이나 책은 물론 읽을 수도 없었고, 눈을 뜨고 있는 자체가 힘들었습니다. 일주일 내내 한 시간 간격으로 안약을 넣다가 어제 처음으로 두 시간으로 시간 간격이 늘어났습니다. 지금도 두 시간 간격으로 열심히 안약을 넣고 있으며 이제 밤에는 안연고를 넣고 자도 된답니다. 눈이 신체 부위의 9할이라고 하잖아요. 눈의 소중함을 깨달은 아주 귀한 시간을 보내고 있답니다.

이제는 5일 있다가 안과에 가야 하니 조금은 나아진 상황이긴 하지만 많이 좋아지지는 않았습니다. 컴퓨터에 글을 올리기도 조금은 불편하지만, 이제는 그래도 살 것 같습니다. 오늘은 눈을 감았다 떴다 하며 조선일보와 매일경제신문을 읽었으니까요. 절대로 눈을 비비거나 휴지로 닦지 마시고 조금만 이상이 있다고 생각되시면 한시바삐 안과를 가야 된답니다.

저는 안과에 그렇게 많은 사람이 다닌다고 생각해 본 적이 없었습니다. 앉을 자리가 없을 정도로 사람들로 붐볐고 예약을 하고 왔는데도 불구하고 무려 한 시간 이상을 기다려야 했답니다. 매사에 특히 사소한 것을 조심해야 한다는 생각을 했습니다. 아주 우습게 여기다가 큰코다친 것입니다.

내일은 좀 더 나아지리라 기대하며 우리 교회 식구들 밝은 모습들 뵙길 원합니다. 새해 복 많이 받으세요.

무척이나 마음이 추웠던 겨울이 지나갑니다. 지금 제 곁엔 달그락 소리를 내는 작고 아담한 주전자에 물이 끓고 있습니다. 얼마 전까지만 해도 주전자 자리엔 고구마가 거의 자리를 했었습니다.

올해 사무실 난방 기구를 하나 장만했는데 전기난로랍니다. 기존에 있던 가스 난방기는 화력도 좋고 비용도 저렴해서 좋긴 하지만 가스 냄새가 나서 머리가 아프고 숨쉬기도 불편했고, 온풍기는 실내 공기를 덥히긴 하지만 따뜻함을 별로 느끼지 못했답니다. 그러던 차에 신문광고를 보고 인터넷으로 거금 팔만 원을 들여 야심 차게 마련한 겁니다. 덕분에 전기난로에 고구마도 굽고 물도 끓여 가습 역할도 하고 밖에서 언 손발과 몸을 단숨에 녹일 수 있었답니다.

서연이가 학원 갔다 오기 전 미리 고구마를 올리면 영양 만점 간식이 완성되었습니다. 고구마 익는 향내가 어찌나 구수한지 오시는 손님들도 좋아라 하셨습니다. 때로는 마치 시골에 온 기분이 들기도 했고, 맛있고 달콤하게 익은 따끈따끈한 고구마를 이웃과 함께 정담을 나누며 맛나게 먹기도 했습니다.

저는 향기 나는 인생을 사는 게 꿈이랍니다. 내게는 어떤 향내가 날까? 행여 악취를 풍기는 사람은 아닐까? 나이가 들면서 자기 모습을 얼굴이 그대로 보여 준다는데 혹여 내가 남에게 혐오감을 주는 그런 모습은 아닐까? 진정 예수 향기 드러내는 아름다운 삶을 살고 싶은데 저의 모습은 너무나도 이기적인 모습인 듯합니다.

지난겨울 동안 우리 사무실에서 은은히 풍겨 왔던 구수한 고구마 향내를 저도 풍길 수 있기를 바라며 이웃들에게 힘을 주고 사랑을 나누어 주는 사람이 되길 소원합니다.

✻ 이별

조금 전 동갑내기 사촌 형님의 부음을 접하였습니다. 가슴이 아프고 많은 생각이 꼬리를 뭅니다.

웃음이 많으며 언제나 밝고 털털한 성격에 얼굴도 고운 형님이었죠. 박 집사와 불과 한 달 차이로 생일이 빠른 관계로 형님이 된 아주버님, 그리고 형님은 저와 동갑이니 양 부부가 모두 동갑이었습니다. 결혼도 비슷한 시기에 하여 다른 동서지간보다는 훨씬 친하고 격이 없이 지냈는데 만 45세의 나이로 세상과 영영 이별을 하였답니다. 몇 해 전에는 특별히 부산에서 만나 맛난 음식도 푸짐하게 대접받고, 구수하게 농담도 잘했었는데….

우리 아가씨가 집안 혼사가 있어 다녀왔는데 병문안도 못 하게 해서 얼굴을 못 보았단 얘기는 들었습니다. 박 집사는 어차피 누구나 한 번은 가는 길인데 그럴 필요가 있느냐며 만나서 대화도 하고 하지, 하고 말을 해서 제가 이렇게 말해 주었죠. 그분 마음을 이해하겠노라고. 시댁 식구들에게 복수가 차서 빵빵한 배와 방사선 치료로 다 빠진 머리카락과 살은 다 빠지고 뼈만 앙상한 모습을 보여 주고 싶겠냐고요. 좋은 모습으로 기억되길 원하지 않겠냐고요.

직업상 집안 대소사에 대표로 한 사람만 주로 참석했는데 이번엔 가게 문 일찍 닫고 함께 가기로 했습니다. 기쁜 일보다는 슬픈 일을 더욱 나누어야 한다는 것을 나이가 드니 자연스럽게 깨닫게 됩니다. 오랜만에 시댁 식구들도 만나고 처음으로 씽씽 달리는 KTX를 타고 부산으로 토요일에 떠납니다.

우리는 언제 하나님께서 부르실지 모르는 하루하루를 살아가고 있습니다. 그럼에도 불구하고 서로가 옳다고 악다구니 쓰고 성내고 소리치고 울부짖습니다. 오늘 떠난 그분이 하루라도 더 살기를 원했던 오늘을 우리는 아무 생각 없이 헛되이 보내고 있습니다. 그분의 환한 미소가 머릿속에서 떠나지 않습니다.

우리에게 주어진 시간이 얼마가 될지는 아무도 모르지만 정말 보람 있게 살아가야 한다는 생각을 합니다. 누구나 자기 입장에서 생각하고 자기 유리한 쪽으로 매사에 일을 진행합니다. 내일 하나님이 우릴 부르신다고 생각한다면 오늘을 어떻게 보내야 할지 알 수 있겠죠.

삼가 고인의 명복을 빕니다.

✻ 달고나

저희 집에는 거의 매일 밤 달고나 파티가 열립니다. 애꿎덩어리 서연이가 아빠 옆구리 찔러서 온 집안에 냄새를 풍깁니다. 인터넷으로 오천 원 들여서 도구를 샀는데 벌써 본전은 뽑고도 남은 듯싶습니다. 처음엔 성욱이가 기술을 발휘해서 솜씨를 뽐냈는데 이젠 박 집사가 달고나 박사가 다 되었습니다. 설탕과 소다만 있으면 되는 아주 간단하고 달콤하고 맛난 주전부리지요. 덕분에 저도 잘 얻어먹곤 하는데 몸무게가 좀 늘지 않았는지 걱정도 됩니다.

서연이는 학교에서 어떤 냄새가 가장 좋은지 물어보는 질문에 당당히 달고나 냄새라고 적었다고 합니다. 또한 어떤 소리를 가장 좋아하는지 묻는 질문에는 빗소리라고 적어 내심 놀랐답니다. 초등학교 1학년 아이가 바로 생각해 내지 못할 소리인데 즉각적으로 답을 했다는 게 신기했습니다. 정말 운치 있고 멋진 답안이란 생각을 했습니다. 수많은 소리 중에서 빗소리는 시적인 요소가 많이 함유되어 있는 소리라는 생각을 합니다.

달고나 덕분에 서연이는 더욱 인기를 얻은 것 같습니다. 밤에 달고나를 해서 잘 포장해 냉장고에 보관해 두었다가 아침에 학교 버스에서 친구들과 언니들에게 나누어 주기도 하고 피아노 학원이나 영어 학원에서 또한 나누어 주며 베푸는 기쁨을 누리기도 했습니다. 특별히 영어 학원에서는 원장님 이하 원어민 선생님들에게까지 모두 조금씩 나누어 주며 달고나 맛을 보여 주었다고 했습니다.

서연이가 달고나를 나누어 주듯 많은 이에게 사랑을 나누어 주었으면 좋겠습니다. 자그마한 서연이 손을 꼭 잡고 "우리 서연이와 성욱이가 많은 이들에게 베푸는 삶을 살게 해 주세요." 하고 기도할 때 서연이가 마음속에 잘 담아 두었던지 자기는 베풀며 살겠다고 할 때 뿌듯하고 기쁘답니다.

서연이의 가장 큰 장점은 남을 배려할 줄 안다는 것입니다. 24개월까지 모유 수유를 하고 과감히 수유를 중지할 때 서연이게 이렇게 말을 했습니다. "엄마가 아파서 이제 더 이상 먹일 수가 없으니 네가 힘들어도 밥을 먹어야 한다." 사흘 동안은 밤잠을 못 잘 거라 단단히 각오를 하고 강행하였는데 서연인 젖 달라 칭얼대지도 않고 참으며 도리어 저에게 이렇게 물어보았습니다. "엄마 괜찮아? 많이 아파? 한 번만 만져 봐도 돼?" 어린아이가 무엇을 알까요. 그러나 엄마를 배려하는 그 마음이 어찌나 기특하고 예쁘던지요. 하나님이 주신 예쁜 모습이대로 지혜롭게 자라 하나님 나라 큰 일꾼 되길 기도합니다.

✳ 봄

　기나긴 어둠의 터널을 뚫고 추위와 바람을 이겨 내고 새색시가 수줍음으로 찾아왔습니다. 뒷동산에 올라 보니 여린 꽃망울들이 이제 자랑스러움으로 피어날 준비를 하고 있습니다. 참으로 대견하고 장한 꽃망울들입니다. 성질 급한 개나리 하나는 벌써 노란 꽃망울을 터뜨릴 채비를 거의 마쳤습니다. 철쭉들도 이제 오는 봄에 꽃피울 준비에 도톰하게 살집이 올라 있습니다.

　겨울이 있기에 우리는 봄의 즐거움을 느낀다는 생각을 했습니다. 봄의 포근함, 따뜻함, 찬란함, 희망, 두근거림, 설렘, 나른함. 이 모든 것들이 춥고 매서운 겨울을 이겨 냈기에 더욱 소중하게 느낄 수 있는 기쁨이란 생각을 합니다. 우리네 인생도 이와 마찬가지죠. 추운 겨울을 이겨 내면 반드시 찬란한 봄이 오고 말 것입니다.

　하나님께서 우리에게 선물한 모든 것들로 인해 감사합니다. 길가에 핀 들꽃 한 송이까지도 얼마나 아름답게 만드셨는지요. 이제 조금 있으면 꽃들의 축제에 참가할 생각을 하니 벌써 가슴 설레고 기다려집니다. 이 아름다운 봄을 사랑하는 형제자매님들과 함께 느낄 수 있어 더욱 기쁩니다. 더 많이 사랑해야겠습니다. 모든 것들을.

'봄 나라에 오신 여러분을 환영합니다'

꽃들이 우리에게 온몸으로 반가움을 표현합니다. 개나리는 노란 꽃
잎들을 자랑스럽게 피우더니 어느새 연두색 잎으로 옷을 갈아입었습
니다. 벚꽃은 꽃눈을 날리며 우리에게 환영 만찬을 차려 줍니다. 진달
래는 수줍은 연분홍빛으로 우릴 가슴 설레게 합니다. 철쭉이 하나둘
피어나고 순결한 목련은 처절하게 떨어지고 담장에 라일락이 보랏빛
으로 향기를 뿜냅니다.

뒷동산의 낮은 곳에는 제비꽃들이 보랏빛을 토해 내고 민들레꽃도
하나둘 피어납니다. 긴 겨울을 이겨 낸 나무엔 연둣빛 작은 잎들이 어
느새 자라 아기 손바닥만 한 단풍잎도 있습니다. 참으로 찬란한 봄빛
을 받으며 새 생명들이 부지런히 싹들을 키워 내고 있습니다. 가장 높
은 지위에 있는 대추나무는 양반임을 자처하며 아직 싹을 틔울 준비
도 하지 않지만요.

너무도 기다렸던 봄이기에 순간순간이 아쉽습니다. 이 봄이 가기
전에 꽃구경 더 많이 해야겠습니다.

　아침마다 오르는 뒷동산 산책길에 새 둥지가 만들어졌습니다. 아름다운 까치 부부가 가장 적당한 크기의 나뭇가지를 찾아 부지런히 움직이더니 이제 어엿한 단독주택이 완성되었습니다. 키가 큰 아카시아 나무 꼭대기에 만들어진 새 둥지에서 새로운 생명들이 잉태되고 태어날 것입니다.

　박 집사와 저는 둥지가 만들어지는 과정을 처음으로 목격하며 조금씩 조금씩 완성되어 가는 둥지를 보며 경이로움과 신비로움에 탄성을 자아냈답니다. 아무리 모진 비바람이 불어도 능히 이겨 낼 아주 튼튼한 새집이 탄생했습니다. 바로 옆 아카시아 나무 위에는 기존에 있었던 둥지가 하나 있는데 아마도 부모님 집이 아닐는지요.

　나뭇가지 하나하나 부지런히 부리로 옮겨 집을 짓는 까치들을 바라보며 '새 생명들을 키워 내기 위해 저렇게도 열심히 노력하는구나!' 하는 생각에 따스함을 느꼈습니다. 너무도 아름다운 광경이었고 날마다 날마다 조금씩 모양을 갖추어 갈 때, 새끼들이 부화하여 그 작은 부리로 먹을 걸 달라 짹짹하는 소리가 들리는 듯했습니다.

　우리네들도 자식들을 키워 내기 위해 부지런히 까치 부부처럼 일

한다는 생각이 듭니다. 새롭게 입주한 까치 부부가 튼실하고 아름다운 새 생명들을 많이 키워 내길 기대합니다.

남편과 함께 오르는 뒷동산에는 아카시아꽃이 한창입니다. 향긋한 내음이 우릴 취하게 하며 행복하게 합니다.

철쭉은 어느새 자취도 없어지고 잎만 무성합니다. 가장 양반인 대추나무가 이제 싹을 틔우고 있습니다. 매화꽃이 탐스럽게 피어 있던 자리에는 매실이 주렁주렁 튼실하게 자라고, 벚꽃이 화려하게 피었던 자리엔 버찌가 빨갛게 익어 갑니다. 아카시아 꽃잎을 입안에 넣으면 달콤한 즙과 풀 내음이 신선합니다. 박 집사는 별것을 다 먹는다며 자기는 생전 처음 먹어 본다 합니다.

어릴 적 시골에서는 지천으로 널려 있는 열매들과 꽃들을 먹었습니다. 진달래꽃, 산딸기, 시금치, 괭이 풀, 오디(뽕나무 열매), 송진(소나무 즙), 버찌, 찔래, 아카시아꽃….

집 가까이 산이 있다는 것은 너무도 감사한 축복이랍니다. 자연을 느끼고 감상하며, 하나님께서 계절마다 연출하시는 장관을 날마다 구경하니까요. 장미도 한 송이씩 피어나고 있습니다. 이제 6월이면 장미의 계절입니다.

지금쯤 산에는 뻐꾸기가 쉼 없이 울 터인데 뻐꾸기 소리는 들리지 않습니다. 까치 한 마리가 나무 사이로 비행하는 것을 보았는데 어찌나 날쌔고 씩씩하고 힘 있게 나는지요. 아마도 남자 까치리라 생각됩니다. 그를 본 박 집사는 운전을 정말 잘한다고 했습니다.

조금 전에 트럭 한 대가 지나가며 맛있는 간고등어를 사라고 애타게 소리하기에 지갑을 챙겨 들고 다녀왔습니다. 어제 조선일보에서 본 내용인데 한국인에게는 중성지방이 많다고 합니다. 콜레스테롤처럼 위험한 것인데 다들 잘 모르고 있답니다. 배에 쌓이는데 이를 없애는 방법 중 하나가 견과류와 등 푸른 생선을 먹는 것이랍니다.

사무실에서 주로 저녁을 해결하는 저희에게는 생선 구워 먹기가 어렵습니다. 그래도 오랜만에 고등어 자반을 먹어 보려 합니다. 성장하는 아이들의 머리를 좋게도 한다잖아요. 세 손에 오천 원이라 여섯 손을 샀습니다. 열두 마리에 만 원, 무지 싸지요. 제법 크기가 있어서 먹을 만할 겁니다. 계절의 여왕 5월에 고등어 비릿한 향내도 풍겨 보렵니다.

✳ 추억여행

새벽을 가르며 힘차게 아빠와 서연인 추억여행을 떠났습니다. 며칠 전까지만 해도 가기 싫으니 좋으니 하더니 새벽 여섯 시에 시간을 맞추어 벌떡 일어나 준비를 하는 서연이가 대견했습니다. 웬일이냐고 했더니 참가비가 아까워서 일찍 일어났다고 합니다. 너무 경제교육을 시킨 게 아닌가 생각도 들지만 아끼고 낭비하지 않는 것은 중요하다는 생각을 합니다.

지금쯤 강화도 갯벌에서 마구 뒹굴며 온몸에 흙투성이가 되었을 부녀를 상상해 봅니다. 미꾸라지가 자꾸 미끄러져 발 동동 구르고 있지는 않을는지요. 서연인 미꾸라지를 잘 잡으려면 목을 잡아야 한다고 했습니다. 과연 말대로 많이 잡았을지 궁금합니다.

서연이 학교에서 '아빠와 함께하는 추억여행'을 갔습니다. 같은 학교 친구들과 웃고 떠들며 얼마나 즐거워할지 그림이 그려집니다. 저희 부부가 가게를 하는 통에 아이를 데리고 많이 다니질 못했습니다. 미안한 마음을 오늘은 조금 보상을 한 듯싶습니다.

이야기 보따리 가득 안고 올 서연이와 박 집사가 기다려집니다. 지나간 것들은 다 그리워진다고 하잖아요. 오늘을 사는 우리는 진정 '오늘' 아름다운 추억을 많이 만들어야 한다는 생각을 했습니다.

살다 보면 정말 여유가 별로 없습니다. 이번 주일에 우리 남산 가서 더 아름다운 추억을 만들도록 해 봅시다.

사무실 문을 일찍 닫고 저녁 일곱 시에 광나루역으로 출발했습니다. 저를 기다리던 남 집사님과 상민 씨 정심 씨와 만나 양평에 도착한 시간은 대략 아홉 시쯤으로 한창 조별 게임이 진행되고 있었는데 어찌나 웃음이 나던지 배꼽을 꼭 잡았답니다.

주어진 단어를 보고 몸동작으로 연결하여 알아맞히는 게임이었는데 처음 동작이 변해 가는 모습에 절로 웃음이 났습니다. 아이들과 권사님들이 함께 어우러져 동작을 연결하는데 아주 멋들어진 동작을 해 주신 권사님들께 박수를 보냅니다. 특히 '쇼핑'이란 단어를 할 때 승환 씨가 잘못하여 돈을 떨어뜨렸는데 그다음부터는 돈을 아예 땅바닥에 팽개치는 모습이 정수였습니다.

낯선 곳에서의 하룻밤은 늘 뒤척이게 하지만 특히 이번 모기향 내음은 정말 압권이었습니다. 제가 예민한 것인지는 몰라도 숨 막힐 정도로 견디기 힘들어 잠을 이루지 못했답니다. 다음번에는 문 앞에 피우는 것이 좋겠다는 생각을 했습니다.

잠자리에 누워 들리는 '돌돌돌…' 물 흐르는 소리는 어린 시절의 향수를 자극했고 짙은 밤꽃 향기가 새벽을 깨웠습니다.

알뜰한 권사님들은 뽕잎과 쑥을 뜯으시고 덕분에 오디도 맛나게 얻어먹었습니다. 작열하는 6월의 태양 빛은 우리를 위해 조금 강도를 낮추어 비추어 주었습니다.

덕분에 초등학교 운동장에서 진행되었던 피구와 족구를 더욱 신나게 할 수 있었습니다. 역시 승부의 세계는 냉혹하더군요. 피 말리는 승부욕으로 날쌘돌이로 변신하신 집사님들, 목사님 정말 대단하셨습니다. 체력은 국력이라 하였는데 멋진 체력으로 더 멋지게 가꾸어 갈 우리 교회가 눈앞에 그려집니다.

총 진행을 맡아 주신 송 집사님께 감사 인사와 박수를 보내 드립니다. 오픈게임에서 일꾼들을 다양하게 소개시켜 주며 재미를 한층 더해 주셨지요. 근엄하신 교수님 두 분께서 입에 콩알을 넣고 한 '누가 누가 멀리 보내나' 게임도 정말 재미있었습니다. 재정팀장과 예배영성팀장의 '닭싸움', 각 팀장의 '제자리멀리뛰기', 국어 선생님 두 분의 '끝말잇기', 아이들의 '묵찌빠', 권사님들의 '가위바위보', 회계와 부회계의 '팔씨름' 등 운영위원장님이 이렇게 아이디어맨인 줄은 미처 몰랐습니다.

제가 예은이 엄마를 이겨 조금은 속상하셨죠? 저도 배 집사가 그토록 셀 줄은 정말 몰랐습니다. 개인적으론 준우승을 해서 더욱 좋았습니다. 마지막 문제였던 몸무게가 누가 많이 나가는 것인가를 묻는 게

임은 개인들께 실례가 아니었나 생각도 들었습니다. 우리 서연이는 근육맨이 당연히 더 나가는데 엄마는 틀렸다며 못내 아쉬워하기도 했습니다.

무엇보다 아무 일 없이 잘 치러진 것에 대해 하나님께 감사합니다. 준비하시느라 애쓴 교육훈련팀장님과 부팀장님, 그 외 주방에서 고생하신 생활팀장님 이하 집사님들께 감사 말씀을 드립니다.

워낙 알뜰하게 치러진 행사지만 방이 좀 더 구분이 되었다면 같은 방 식구들과 더욱 많은 대화를 통해 서로를 알아 갈 수 있는 기회가 될 수 있었는데 하는 아쉬움이 남습니다.

쏟아지는 빗속을 자그마한 우산 하나에 의지해 힘차게 뚫고 왔습니다. 사무실 양쪽 문을 활짝 열어 놓고 빗방울들의 합창을 듣습니다. 하늘에선 끊임없이 물이 쏟아지고 이윽고 도달한 땅에선 아래로, 아래로 자꾸만 흘러내립니다.

하나님께서 만드시는 자연의 소리는 어느 훌륭한 작곡가의 음악보다 더 아름답습니다. 아파트에 살 때는 비가 오는지 눈이 오는지도 잘 몰랐었는데 빌라로 이사 온 이후에는 낙숫물 소리를 음악으로 듣고 눈 오는 풍경을 그림으로 감상합니다.

저는 비를 무척 좋아합니다. 어렸을 적에는 그야말로 온 비를 온몸으로 맞으며 다녔습니다. 오 남매 키우시느라 고생하시며 안 해 본 장사가 없으셨던 엄마는 아무리 비가 쏟아져도 우산 한 번 가지고 마중 나오신 적이 없으셨죠. 어쩔 수 없는 선택이긴 했지만 비를 맞으며 저는 행복했습니다. 때로는 일부러 비를 맞으며 다니기도 했으니까요.

꿈 많던 여고 시절엔 단짝 친구와 함께 17번 버스를 타고 종점까지 갔다 오는 빗속의 여행도 했습니다. 나무들은 물을 머금어 푸르름을 더했고 차창으로 보이는 풍경이 어찌나 아름답던지요. 마침 그 버스는 남산을 순환해서 오는 버스였기에 작은 추억여행이었단 생각이 듭니다.

시어머니께서는 이렇게 말씀하시곤 했습니다. "비 오는 날은 부지런한 사람에게는 일하기 좋고 게으른 사람에게는 잠자기 좋다." 정말 딱 맞는 말씀이란 생각을 합니다. 게으른 자는 빗소리가 자장가로 들려 하염없이 낮잠에 젖지 않을까요? 반면 부지런한 자는 그동안 바빠서 미처 못 했던 자질구레한 일들을 이것저것 찾아 하느라 오히려 더 바쁜 날을 보내리라 생각됩니다.

주부들은 축축하고 빨래도 잘 마르지 않고 해서 비 오는 날을 별로 좋아하지 않을 수도 있습니다. 하지만 우리 안달하지 마요. 오늘 마르지 않으면 내일이면 아니 모레면 마를 것입니다. 차라리 커피 한잔 앞에 놓고 이웃들과 정담을 나누고 그동안 목소리 듣지 못했던 친구에게 전화로라도 인사하며 즐겁게 안부 전하는 것은 어떨까요.

우리네 인생에는 하나님께서 주신 날씨와도 같은 나날들이 있습니다. 때로 구름 끼고 바람 불고 비 오고 함박눈이 쏟아질지라도 낙심하거나 화내지 말고 허락하신 나날들에 그저 감사하며 또한 햇빛 찬란한 날을 기대하며 살아야겠습니다.

오늘 아침 처음으로 맨발 등산을 해 보았습니다. 한결 몸이 가뿐해진 느낌이고 맨발로 느끼는 흙의 감촉이 신선했습니다.

바위의 딱딱함도 좋았고 생각보다 불편하지도 않았습니다. 그전부터 맨발로 산을 오르는 것에 대해 몇 번 말을 했지만 아직 실행을 하지는 못했거든요. 어제 어느 분이 맨발로 산을 오르는 것을 목격하고는 박 집사가 바로 그 자리에서 자기도 연습을 해서 맨발로 등산을 시작했습니다.

오장육부가 발에 다 있다 하잖아요. 자동 지압이 되는 것 같습니다. 비록 멀지 않은 거리지만 다녀와서 샤워를 마치면 어찌나 상쾌한지 모릅니다. 좀 더 욕심을 낸다면 코스를 더 개발해서 운동답게 하는 겁니다. 그리 높지도 않아 아이들도 함께할 수 있어서 더욱 좋습니다.

하나님께서 주신 자연과 더불어 느끼고 호흡하며 살게 되어 감사합니다. 조직에 있을 때는 느껴 보지 못한 편안함과 느긋함이 있습니다. 직장인들은 아침 일찍 출근하여 밤늦은 시간에 퇴근을 하니 여유로움은 덜하다는 생각을 합니다. 안정적인 생활이 그리워지기도 하지만 누리는 기쁨도 아주 큽니다. 물론 요즘은 주 5일 근무라 주말에는 한결 여유를 즐기시겠지요.

　쫓기는 생활이 아니고 스스로 만들어 가는 시간이라 좋은 점도 있습니다. 은행 근무 시절엔 하루 종일 서서 고객 응대를 하다 보니 다리가 퉁퉁 붓기도 했습니다. 요즘에는 근무 풍경이 많이 달라졌지만요.

　특별히 산행을 하시는 분들께 맨발 등산을 권유하고 싶습니다. 혹시 산에 가실 일이 있으신 분들도 맨발로 한번 걸어 보길 바랍니다. 어느새 제가 맨발 예찬론자가 되었답니다.

✳ 꼬리뼈의 수난

2010.1.

서연이 겨울방학을 맞아 추억 만들기를 위해 눈썰매장을 가기로 정하고 동생들 가족들과 시간을 맞추었습니다. 마침 1월 1일이 금요일이라 토요일 사무실 문을 열지 않으면 연휴가 되겠기에 막냇동생 집이 있는 화성에서 만났습니다.

1일 날은 저녁을 맛나게 먹고 밤새워 이야기꽃을 피우느라 아침 일곱 시쯤에 눈을 잠깐 붙였습니다. 오후에 한국 민속촌에서 신나게 눈썰매를 타고 주전부리로 떡볶이, 어묵, 핫도그 등을 신나게 먹는 것까지는 좋았습니다. 그런데 첫 번째 눈썰매를 탈 때 꼬리뼈가 아프기에 한 번만 더 타고 그만두었는데 그게 화근이 되어 지금까지도 매일 한의원을 드나들며 침에 부황에 약에 물리치료까지 받고 있습니다.

꼬리뼈에는 근육이 없어서 인대가 손상이 되었다고 합니다. 그래서 시간이 오래 걸린답니다. 한 달에서 길면 삼 개월까지도 걸릴 수 있다고 합니다. 덕분에 처음 해 본 것이 너무 많습니다. 침, 부황, 물리치료 모두 생전 처음 경험해 봅니다. 이젠 나이가 들었다는 생각도 들었습니다. 걷기도 힘들고 특히 허리를 숙일 때 땅바닥에 앉을 때 일어날 때 아주 힘듭니다. 꼬리뼈의 중요성을 새삼 깨달았고, 많은 분께 꼬리뼈 조심하라는 말씀을 드리고 싶습니다.

✳ 아바타

주일날 장시간의 사무총회를 마치고 집에 돌아와 매주 재미있게 보고 있는 KBS의 〈1박 2일〉 프로그램을 보고 남편, 서연이와 함께 최근 인구에 회자되고 있는 그 유명한 영화 〈아바타〉를 보고 왔습니다. 3D 영화라 특별 안경을 끼고 관람을 하였는데 더욱 실감 나서 좋았습니다. 맛난 팝콘과 환타를 마시며 그야말로 환상적인 장면, 장면을 보았습니다. 아쉬운 점은 제가 꼬리뼈가 아직 정상으로 회복되지 않아 계속 엉덩이를 뒤척이며 보자니 무척 힘든 것이었습니다. 아마도 사무총회에다 영화감상까지 앉아 있는 시간이 너무 길었던 하루였기에 더욱 고생을 했던 것 같습니다.

성욱이는 친구들과 미리 보고 와서 역시 우리 셋이서만 같이 보았습니다. 미아 CGV에서 보니 거리가 무엇보다 가까워 최고였습니다. 아직 안 보신 분은 한 번쯤 볼만한 영화란 생각이 듭니다. 이제 입체 TV도 나온다고 하니 바야흐로 입체영화 시대에 돌입했나 봅니다.

오늘도 함께하시는 하나님께 감사하며, 100세의 연세에 건강하시고 음성도 힘이 넘치시는 방지일 목사님 설교말씀을 생각해 보는 하루를 보냈습니다.

지난해 마지막 날인 2009년 12월 31일 밤 11시에 박 집사와 단둘이 오붓하게 음악회에 참석하였습니다. 성욱이와 서연이도 함께 가자고 했지만 아이들은 저희만의 시간을 갖겠다고 해서 둘만의 시간이 되었습니다.

얼마 전 1차 개장한 북서울꿈의숲아트센터에서 오케스트라 공연을 감상하였는데 장소도 깨끗하고 아담하고 좋았습니다. 방송인이라 소개한 여자 분의 해설과 플루트 협주, 뮤지컬 가수 남, 여 두 분의 독창과 듀엣, 드러머의 현란한 연주 등 다양하게 준비되어 있어서 지루함도 덜하고 특색도 있었습니다. 한 가지 아쉬움은 현악기가 없이 구성된 악단이라 애틋하고 아름다운 현 소리를 못 들으니 조화로움 면에서나 소리 자체의 아름다움이 덜했습니다. 물론 관악기와 타악기로 되어 있어서 남성다운 힘은 더 느껴졌지만요. 300여 명이 가는 해를 아쉬워하며 오는 해를 반갑게 맞이하는 음악회에서 함께 새해 카운트다운을 하는 기쁨도 누렸습니다.

집 가까이 큰 공원이 있어 너무 감사하고 문화생활을 할 수 있는 공간이 있어 더욱 감사합니다. 큰 관심을 끌었던 드라마 〈아이리스〉 촬영지로도 잘 알려져 있습니다. 이병헌과 대통령이 만났던 장소가 바로 전망대입니다. 그 옆쪽에 아트센터도 있고 중국 레스토랑 등도 있습니다.

한 해를 돌이켜 보며 하나님께서 동행해 주신 모든 일을 감사하며 새해 우리 가족의 작은 소망도 아뢰었습니다. 이틀 전에 낮에는 가수 서수남과 함께하는 프로그램에 참여하였는데 그 사람이 걸어온 인생길을 담담하게 노래와 곁들여 이야기하며 긍정을 설파했습니다. 덕분에 저도 다시 한번 저 자신을 돌아보는 시간을 갖게 되었습니다. 67세의 나이에도 청바지를 멋지게 차려입고 날씬한 몸매를 관리하며 무대를 힘차게 뛰어다니는 것을 보고 자기 관리를 잘해야겠다는 생각도 하게 되었습니다.

※ 권사님 댁을 다녀와서　　　　　　　2010.1.

　예배 후 큐티 시간을 마치고 이재우 권사님과 따님 해주 씨를 모시고 왔습니다. 끊임없이 내리는 눈길을 달려왔습니다. 어찌나 계속 눈이 내리는지 큰 도로에도 눈은 녹지 않고 쌓여 차선도 보이지 않고 차가 몇 대 없음에도 불구하고 거북이걸음으로 운전할 수밖에 없었습니다.

　펑펑 내리는 눈에 앞은 뿌옇게 보이지도 않고 풍경만이 아름다웠죠. 성욱이와 서연인 예배 후 바로 전철을 타고 집으로 가서 눈사람 만든다고 했습니다. 아이들에겐 예쁜 추억으로 남겠지요. 이다음에 크게 자라서도 오빠와 함께 눈사람 만들던 그 아름다운 기억이 인생을 풍요롭게 해 주길 기대합니다.

　권사님 댁은 빌라 3층이었습니다. 구조도 잘 나왔고 내부도 깨끗했죠. 다용도실과 베란다가 커서 수납공간도 좋았습니다. 정갈하게 정돈하신 권사님의 솜씨도 한몫했습니다. 아쉬운 점은 욕조가 없는 것이었지만 샤워 시설은 되어 있으니까 괜찮다고 생각했습니다. 주방도 제법 넓고 방들도 크고 거실도 넓어 자녀분들이 지내러 와서도 아무 염려 없이 지낼 수 있으리란 생각을 했답니다. 위치도 큰길에서 아주 가깝고 평지라 우선은 권사님이나 따님에게 좋은 집이죠. 맛난 귤과

미숫가루로 대접을 받았습니다.

마침 영화 〈울지마 톤즈〉를 주일 저녁에 보려고 예약을 해 두었는데 다음 주 운영위원회 때 본다고 하기에 취소를 하고 주차해 둔 차량이 행여 다른 차에게 방해가 되면 안 되기에 서둘러 권사님 댁을 나왔습니다. 집에 도착하고 얼마 되지 않아 권사님으로부터 전화가 왔습니다. 눈길에 잘 도착했는지 걱정이 되셔서 전화를 주셨던 겁니다. 마치 친정엄마처럼.

권사님 댁 거실 장식장 위엔 자녀들 가족사진들이 있었는데 그중 증손자가 너무 예쁘다고 하셨습니다. 자녀분들은 하나같이 선남선녀시고 다 잘 되어 있어서 너무 좋았습니다. 신정 때 자녀분들이 다녀가서 구정 땐 자유롭게 하라고 했다 하셨습니다. 너그러운 어머니시고 배려하는 어머니시라는 생각을 했습니다.

✳ 가을에

아침저녁으로 선선하여 살맛이 납니다. 가을볕은 여름날 못지않게 뜨겁지만 하나님께서 곡식을 익히시는 걸 알기에 감사합니다. 박 집사가 새 일자리를 찾아 나간 지 두 달째입니다. 오십이 넘은 나이에 새 일에 도전한다는 게 쉽지 않을 터인데 과감히 털고 일어난 박 집사가 대단합니다.

십여 년을 24시간 붙어서 함께 일하던 사람이 옆에 없으니 허전하기도 하고 불안하기도 하고 시원하기도 합니다. 신새벽부터 밤늦은 시간까지 몸을 불살라 가며 일에 매진하느라 정신이 없습니다. 얼굴 보기도 힘들고 익숙하지 않아서 거리감이 생기기도 했는데 이제 좀 적응된 듯합니다. 밤을 하얗게 새워 가며 이 얘기 저 얘기 주고받기도 했는데 그건 먼 나라 얘기가 되었습니다. 사무실엔 박 집사가 만 원 주고 지하철에서 사 온 CD가 하루 종일 돌아가고 있습니다.

푸른 가을 하늘이 눈부십니다. 서늘한 바람이 열어 놓은 문으로 들어와 간지럼 태우고 나뭇가지를 흔들어 춤추게 합니다. 일터를 허락하신 하나님께 감사합니다.

잠시 전에는 고추잠자리 한 마리가 길을 잃고 사무실에서 맴돌다

나갔습니다. 어찌 여기까지 왔는가? 우리 사무실엔 수많은 종류의 생물이 들고납니다. 비둘기, 거미, 개미, 잠자리, 나비, 나방, 중국 매미, 벌, 귀뚜라미, 파리, 모기 등. 특별히 모기는 날 무척 좋아해서 가만히 두질 않습니다. 팔, 다리, 발 등 어디든 물어 놓아 퉁퉁 붓게도 하고 가렵게 만듭니다. 모두 하나님께서 창조하신 것이니 귀하다 생각합니다.

오전에는 지리산에서 왔다 하며 한자로 이름을 적어 보라고 무조건 종이를 내미는 사람이 있어서 안 한다 하며 안녕히 가시라 했습니다. 한편 궁금하기도 하지만 하나님 믿는 사람으로 온전히 하나님만 의지하리라 생각을 해서입니다. 괜스레 이름이 어쩌니저쩌니할 것이고 이름을 바꿔야 한다는 둥 여러 말을 할 수도 있었을 것입니다. 공짜가 또한 어디 있겠습니까 말 한자리라도 들었으면 그에 응하는 보답을 해야 할 것이기 때문입니다. 또한 박 집사도 없는데 남정네가 사무실에 있다는 것 자체가 탐탁지 않았습니다. 무거운 짐을 다 맡기라 주께서 말씀하셨는데도 불구하고 괜스레 걱정하고 염려를 합니다.

삶의 무게가 어깨를 짓누릅니다. 아이들 교육비라도 걱정하지 않았으면 합니다. 주여, 당신께서 다 해결하여 주소서!

가을 단풍과 성도 간 사랑을 나누며 도봉산 산행을 간 박 집사는 아직 사무실에 오지 않았습니다. 점심식사 후면 올 줄 알았더니 저녁 다섯 시가 넘은 시간임에도. 벌써 밖은 어둑어둑한데 서연이는 혼자 집에서 엄마 올 때를 기다리는 중입니다.

토요일이라 동네 아이들은 친구들과 더불어 아주 열심히 재미나게 놀았나 봅니다. 한 번에 예닐곱씩 무리 지어 사무실에 들어와 아주 맛나게 물을 벌컥벌컥 들이켜고 갔습니다. 다른 날에 비해 오늘은 훨씬 더 많은 아이들이 다녀갔습니다. 족히 스무 명은 넘을 겁니다. 마침 산뜻하고 단순하고 예쁜 정수기를 새로 들여놓아서 물 먹기가 더 좋을 겁니다. 한 녀석은 "물이 잘 나온다."라고 하기도 했습니다.

우리 사무실은 참새 방앗간처럼 마을 아이들이 오다가다 들리는 곳입니다. 특히 더운 여름날이면 문전성시를 이룰 지경입니다. 아이들은 대부분 남자아이들인데 벌써 몇 년을 보다 보니 훌쩍 자라고 몸도 듬직해진 아이들이 많습니다. 간혹 여자아이들이 오기도 하는데 말도 않고 물만 먹고 갑니다. 어떤 때는 유치원생들도 오지만 대부분은 초등학생들입니다. 근처 태권도장에서 운동하고 집에 가면서 무리 지어 들르기도 하고요.

학교에서 집에 가다가 들르기도 하고 대부분은 친구들과 땀 흘리고 놀다가 갈증을 느껴 찾아온 것입니다. 숫기가 없는 녀석들은 이 문으로 들어왔다가 아무 말 없이 물만 마시고 다른 문으로 나갑니다.

가끔 서연이는 방해가 되는지 아이들 오는 걸 귀찮아할 때도 있습니다. 더벅머리 총각들이 오니 아가씨가 불편한가 봅니다. 그러면 제가 이렇게 말해 줍니다. "예전엔 지나가던 사람 밥도 주고 재워 주기도 했단다."

알음알음 소문이 났는지 꼬마 손님들이 아주 많이 늘었습니다. 어디 사는 누군지는 몰라도 모두가 귀하고 예쁜 아이들입니다. 특히 남자아이들이라 바깥에서 운동을 많이 하고 친구들과 어울려 놀다가 목이 말라 물 먹으로 왔다는데 선뜻 주어야지요. 어떤 때는 계약서 쓰고 있는데 문을 벌컥벌컥 열고 들어오고, 한여름엔 에어컨 나오면 "여기서 쉬어도 돼요?"라고 묻는 아이들도 있습니다.

그래도 대부분의 아이들이 "감사합니다." 하고 인사하고 간답니다. 물 한잔으로 아주 작은 나눔을 주고 있다고 생각하니 이 또한 감사하고 기쁩니다.

성욱이는 태어나서 처음으로 돈을 벌러 나갔습니다. 수능을 끝낸 아들은 컴퓨터 앞에서 열심히 아르바이트를 찾았는데 쉽지 않은 모양입니다.

음식점에서 일을 하려면 우선 보건증이 있어야 해서 보건소를 방문해 건강검진을 받은 후 며칠이 지나서 보건증을 찾아왔습니다. 그것을 가지고 여러 군데 문을 두드렸으나 반가운 소식은 오지 않고 시간만 지나가고 있습니다. 이력서를 제출해 놓고 기다리다 또 편의점을 찾아갔더니 이력서를 제출하라고 해서 그 역시 기다리고 있습니다. 마침 친구 어머님이 운영하시는 유치원에 선물 나누어 주는 산타 할아버지 아르바이트가 나와서 영훈이와 함께 아침부터 준비해서 갔습니다. 지금쯤 아마 열심히 하는 중일 것입니다.

홀로 선다는 것은 우선 경제적 자립이 되어야만 합니다. 우리 아들이 이제 한 걸음 한 걸음씩 넓은 세상을 향해 발을 내디디고 있습니다. 무엇이든 경험을 해 보아야 세상 살아가는 데 도움이 된다고 생각합니다. 음식점 아르바이트든 편의점 아르바이트든 주유소 아르바이트든 사람을 만나고 상대해 보고 하면서 사회를 배워 나가는 것입니다. 성욱인 성격이 좋아서 무엇이든 잘해 나가리라 확신합니다.

서연이는 오늘 처음으로 혼자 사무실에서 집으로 갔습니다. 어른 걸음으로 10여 분 거리이니 아이 걸음으론 15분에서 20분 정도 걸릴 것입니다. 도착하자마자 전화를 걸어 왔습니다. 숨을 헐떡이며 전화를 했습니다. 언덕길인 데다 아마도 달려갔을 것입니다. 처음 해 보는 것이라 두려움 반 설렘 반이었을 겁니다.

장하다 우리 아들, 딸. 너희가 둘 다 오늘 첫 도전을 해 보는 날이니 의미 있는 날이라 생각된다. 우리 더 서로를 위하고 기도하며 행복하게 웃으며 살자. 우리 아들, 딸 파이팅!

✳ 청국장 한 사발

지난 주일 저녁에는 강북 성북 소그룹원들의 조촐한 모임이 있었습니다. 백일도 안된 우리 예쁜 예울이를 데리고 멀리 노원구에서 성북동까지 모임에 참석해 준 혜진 씨를 비롯해 승환 형제, 김 집사님, 박 집사, 저, 서연이 이렇게 모두 한자리에 모여 이야기꽃을 피웠습니다.

성북동에서 따뜻한 뚝배기 청국장 한 사발과 고소한 해물파전으로 배를 두둑하게 채우고 멋쟁이 김 집사님 댁을 방문했습니다.

집에 도착하자 우리는 자리에 앉지도 못하고 한참을 웅성거렸습니다. 이유인즉 아롱이, 다롱이, 초롱이 개 삼 형제가 어찌나 우리를 반겨 주는지 정신을 못 차릴 지경이었습니다. 다들 한 덩치 하는 개 세 마리가 이리 뛰고 저리 뛰고 우리에게 달라붙기도 하고 짖기도 하며 환영파티를 해 주었습니다. 서연이는 기겁을 하고 아빠에게 찰싹 달라붙어 떨어지지도 않고 저도 어찌할 바를 몰랐답니다. 거실에 앉지도 못하고 소파에 앉지도 못하고 그저 서서 개들을 바라보다 결국은 작은방에 우리가 자리 잡고서야 소란이 멎었습니다.

특별히 이날은 자기소개의 시간을 가지며 하나님께서 어떻게 우리 인생을 인도하셨는지 나누었습니다. 소그룹원들을 더 잘 이해할 수 있는 무척 귀중한 시간이었습니다. 또한 짝을 지어 서로의 기도제목을 나누고 중보기도하는 팀도 구성했습니다. 앞으로도 계속 소그룹원들의 각 가정을 방문하여 한층 두텁게 서로를 알아 가는 시간을 갖고자 합니다.

  새하얀 눈이 내립니다. 사무실 앞 키 큰 소나무는 눈꽃이 피어 마치 크리스마스나무를 연상케 합니다. 앙상한 가지만 남아 있던 돌 틈 사이 철쭉들도 눈꽃으로 옷을 갈아입어 자태를 뽐내고 있습니다.

  눈이 오면 아이처럼 즐겁고 기쁘고 낭만에 젖기도 하지만 나이 들어 보니 그저 좋기만 하지는 않습니다. 우선은 사무실 앞 눈을 치워야 하니 성가시고, 출퇴근길에 미끄러운 길을 다니다 행여 넘어질까 종종걸음이고, 눈이라도 녹을라치면 시꺼먼 물에 빠지면서 다니기도 해야 하기 때문입니다.

  오늘 역시도 사무실 앞 쌓인 눈을 치우고 오는 길입니다. 저희 사무실은 코너에 있어서 마당이 아주 넓습니다. 주민들도 아주 많이 이용하시는 길이라 눈을 치워 드려야 합니다. 물론 때론 아파트 관리사무소 직원들이 치우기도 합니다. 얼마 전에는 눈이 밟히고 밟혀 얼음이 되어 그 얼음 깨느라고 한나절을 다 소비한 적도 있습니다.

  저는 눈이 오는 날엔 친정엄마께 전화를 드리거나 동생들에게 문자 쓰거나 남편에게 문자를 보내곤 했습니다. 지금도 남편에겐 문자를 보내기도 했지만, 예전 같은 맛은 덜한 것 같습니다. 군 장병들이 눈이 오면 눈 치우느라 고생을 해 아름다운 추억보단 힘든 추억을 갖듯이 저에게도 그와 같은 현상인 듯싶습니다. 마침 저희 집은 약간 언덕이라 눈이 오면 다니기가 무척 힘이 듭니다. 행여 넘어질까 벌벌 기면서 다녀야 합니다.

그래도 아직은 눈을 좋아하렵니다. 글 쓰는 시인이나 소설가에겐 얼마나 멋진 영감을 주겠습니까. 또 얼마나 멋진 작품이 만들어지겠습니까. 눈이 오지 않는 중동 국가들에서 드라마 〈겨울연가〉를 보고 그들은 환상의 세계를 간접적으로 경험을 할 수도 있고요.

스키장 시설이 잘되어 있어 외국인 여행객들을 많이 유치한다는 뉴스를 보고 눈이 오는 것이 국가적으로도 도움이 된다는 사실을 깨달았습니다. 스키어들이 쓰고 가는 돈이 다른 관광객보다 훨씬 많다고 하더군요. 그들은 대부분 선택받은 상류층들이기 때문입니다. 체류 기간도 길고 뿌리고 가는 것도 많은 것입니다.

어린 시절 그저 눈이 좋았던 소녀처럼 그냥 눈 오는 것이 좋기만 하면 얼마나 좋을까요? 좋아할 수만은 없는 나이가 된 것에 한편 서글픈 생각도 들지만 나이에 맞게 늙어 가는 것 또한 아름다움일 겁니다.

지난 주일날이 춥기는 정말 추웠나 봅니다. 집의 수도 계량기가 동파되어 고생을 했는데 월요일 아침 사무실에 도착해 보니 사무실 계량기 역시 동파되어 있었습니다.

121번으로 전화를 했더니 자기네 소관이 아니랍니다. 개인적으로 고쳐야 한다는 것입니다. 하는 수 없이 옆에 있는 이발소에 문의하니 고치는 분 연락처를 주셨습니다. 전화를 걸어 고쳐 달라고 말씀드렸더니 바빠서 올 수가 없다고 합니다. "내일이나 가 볼게요.", 그래서 어제 온종일 기다렸습니다. 오시길 학수고대했으나 밤늦은 시간까지 오시지 않았죠. 오늘 다시 전화를 걸었더니 도저히 바빠서 올 수가 없답니다. 언제쯤 가능하겠느냐고 여쭈어 봐도 알 수 없다는 답만 받았죠.

마침 성욱이가 사무실에 왔길래 집수리하는 곳에 가서 의뢰하라고 했더니 바로 어르신 한 분이 오셔서 고쳐 주셨습니다. 이틀을 넘게 수돗물 없이 살려니 답답했습니다. 이제 물이 나오니 살 것 같습니다. 거금 삼만오천 원이 들었습니다. 그래도 어찌하겠어요. 제가 할 수 없는 일이니 울며 겨자 먹기죠.

박 집사가 수도관을 아주 튼튼하게 동여매 놓았는데 제가 두세 겹으로 더 싸매어 놓았습니다. 오늘 밤은 집에 갈 때 담요라도 덮어 놓고 가려고 합니다. 물론 물도 똑똑 흐르는 상태로 말입니다.

안산 사는 동생과 통화를 했는데 복도식 아파트라 자기네도 동파되어 고쳤다고 합니다. 동파가 안 되도록 더 기술이 좋은 계량기로 설치할 수는 없는지요.

우리 사무실은 싱크대가 바깥쪽으로 되어 있어서 더 동파되기가 쉬운 것 같습니다. 다른 가게들은 다 안쪽으로 되어 있는데 우린 코너 자리라 그런 면도 있습니다.

올겨울에 또 동파되지 않기 위해 주의해야겠습니다. 내일이 대한이니 큰 추위는 다 지나가는 것 같기는 합니다. 어서 빨리 따뜻한 봄날이 왔으면 좋겠습니다. 마음도 몸도 너무 춥습니다.

✳ 졸업

일주일 전 2011년 2월 9일(수) 성욱이 고등학교 졸업식에 참석했습니다. 학교 앞에서 예쁜 꽃다발을 사 들고 졸업식장으로 들어갔죠. 박 집사는 회사 출근을 했다가 오느라 조금 늦었지만 식이 시작되기 바로 전 도착했습니다. 저도 사무실 불을 켜고 문만 열어 놓고 왔죠. 서연이는 오빠 졸업식에 꼭 참석하고 싶다고 성화를 했지만 자기도 학교를 가야 하니 대학교 졸업식에 참석하자고 했습니다.

식순에 의해서 졸업식이 진행되었고 마지막엔 선생님들께서 '작별의 노래'를 연주해 주셨습니다. 가사를 생각하니 눈가에 이슬이 맺혔습니다. 우리 성욱이가 장하다는 생각을 했습니다. 비록 단상에 올라 대표로 상은 받지 못했지만 1년 개근상, 3년 정근상 등을 수상했습니다. 3년 개근상을 받을 수 있었는데 허리디스크 때문에 하루 결석해서 정근상으로 만족해야 했습니다.

다른 아이들같이 학원도 못 보내 주고 이룬 성과여서 안타깝지만 대학도 만족합니다. 국립이라 학비가 절반밖에 안 되어 효도한다 생각합니다. 1차 합격이라 기숙사도 들어가게 되었는데 기숙사비도 70만 원 정도여서 아주 저렴합니다.

어제는 오리엔테이션에 다녀왔는데 전 법무장관인 강금실 씨가 강사로 오셨다 했습니다. 내일부터는 2박 3일간 같은 과 선배와 친구들끼리 리조트에서 오리엔테이션을 합니다. 무척 재미있으리라 생각합니다.

정말 고등학교 입학식에 참석한 지가 엊그제 같은데 3년이란 세월이 지나 졸업식에 참석하니 만감이 교차했습니다. 쏜살같은 세월이 아쉽기도 하고 청년으로 성장한 아들을 보면 듬직하기도 합니다. 대학교 입학식엔 참석을 못 할지도 모르겠습니다. 가게 문을 닫고 가야 하는데 부담이 되기 때문입니다.

하나님께서 매 순간 간섭하여 주셔서 선한 길로 인도하신다 믿습니다. 기숙사에는 3월 1일 날 입사하려고 합니다. 오랜만에 가족끼리 여행 삼아 다녀오고 캠퍼스도 둘러보려 합니다. 학교가 넓어서 식당까지 가는 데 버스로 이동했다고 합니다. 우리 성욱이의 멋진 대학생활을 그려 봅니다. 동아리 활동도 재미나게 하고 많은 친구도 사귀고 고등학교 때와는 다른 세계를 맛보길 기대합니다.

따스한 봄 햇살에 꽃들이 다투어 피어납니다. 벚꽃들은 탐스러운 꽃송이들을 나무 가득 달고 만개했습니다. 그저 반갑고 감사합니다. 지난겨울 매서운 추위와 눈보라 비바람을 능히 이겨 냈기에 더욱 눈물 나게 고맙습니다. 봄날에 꽃들을 피우기 위해 지난해부터 나무들은 무수히 많은 준비를 한 것입니다.

토종 매화는 꽃이 일본산보다 성글다고 합니다. 겉으로 보기엔 그 화려함이 일본산보다 못하겠죠. 그러나 그 향이 정말 좋다고 합니다. 특별히 겨울이 추울수록 향이 더욱 진하고 멀리 퍼지며 좋다고 합니다.

우리네 인생도 겨울을 이겨 낸 자들이 더욱 향내 나는 생을 살 수 있지 않을까요? 하마 목련은 아쉬운 작별을 하려고 합니다. 꽃잎을 떨구는 것들도 있습니다. 진정 봄날은 너무도 빨리 지나갑니다.

얼마나 기다리던 봄인데. 그래도 좋습니다. 봄이 있어 행복합니다. 출퇴근길 저희 동네 길엔 벚꽃길이 있습니다. 진해가 아니라도 좋습니다. 윤중로가 아니라도 좋습니다. 그저 바라보는 것만으로도 기쁘고 즐겁고 감사합니다.

어릴 적 동네 친구들과 이 산 저 산 다니며 진달래 따 먹던 기억이 납니다. 문둥이가 어린아이 잡아먹으면 병이 고쳐진다고 하여 때론 조금 겁나기도 했지만 말입니다. 지나간 것은 다 그리워진다고 하니 올봄도 또한 그리워지겠죠. 켜켜이 추억을 쌓고 이다음에 좀 더 나이 들었을 때 함께 얘기하겠지요.

사무실에 있다 보니 특별히 봄나들이도 하지 못해서 봄꽃들을 많이 만나지는 못했습니다. 그래도 차 타고 스쳐 지나가며 야산에 수줍게 핀 진달래도 만나고 담장에 한껏 멋을 부린 개나리들도 만나고 출퇴근길에 목련도 만났습니다. 하나님 주신 봄날을 그저 감사하며 즐겨 보렵니다.

✳ 사초

지난 토요일에는 1박 2일로 가게 문을 비교적 일찍 닫고 조상님들이 모셔져 있는 선산에 사초를 다녀왔습니다.

다른 사람들은 모두 오전 10시까지 집합하라고 했지만 전 가게 문을 닫을 수 없어 늦은 시간에 갈 수밖에 없었습니다. 밤 열한 시쯤에 도착했는데 급히 차에서 먹은 김밥이 탈 났는지 멀미가 나서 혼났습니다. 겨우 수습을 하고 오빠들, 동생들과 반가운 만남의 시간을 가졌습니다. 밤새도록 이야기꽃을 피우며 살아가는 애기들을 나누다 새벽에야 겨우 눈을 붙였습니다.

오는 길에는 안성에 들러서 사촌오빠가 사 준 아주 매운 낙지를 맛나게 먹고 바로 맞은편에 있는 '건강나라'라는 곳에서 정말로 오랜만에 여유를 만끽하고 왔습니다.

이곳은 세계 최대 규모의 찜질방이라고 합니다. MBC의 〈런닝맨〉이란 프로그램에도 소개가 되었다고 합니다. '달인을 찾아라'라는 타이틀로 방송되었나 봅니다. 아주 크게 광고가 되어 있었습니다. 우리 서연이는 그것을 찍어 가자고 해서 핸드폰에 흔적을 남겨 왔습니다.

정말 그 규모가 엄청납니다. 찜질방을 돌아다니면서 바깥 풍경을 그대로 볼 수 있다는 게 너무 좋았습니다. 바람에 흔들리는 나뭇잎, 막 피기 시작하는 봄꽃, 막 싹을 피우는 여린 풀들까지도 모두 볼 수 있었습니다.

사우나는 하늘 사우나라 하늘이 모두 보입니다. 노천탕도 물론 있었습니다. 찜질방은 바닥이 뜨끈뜨끈해서 마치 시골 살 때 온돌방에 와 있는 느낌이었습니다. 반바지에 반팔을 입고 어디든 누워도 되고 앉아도 되고 동생들과 마사지 팩도 하며 꿈같은 시간을 보냈습니다.

많은 인원이 한꺼번에 들어가서 할인을 받으니 만 원 정도로 누리는 호사였는데 너무 넓어서 아이들이 어디에 있는지도 모르고 애들은 애들끼리 잘 어울려서 놀았습니다. 단돈 천 원에 받는 마사지 기계로 전신 마사지를 마치 왕후가 된 듯 누리고 간식으로 식혜, 떡볶이, 계란, 과자 등을 먹고 한숨 늘어지게 자다가 김치찌개로 저녁까지 배부르게 먹고 실컷 놀다가 밤 아홉 시 반쯤 출발해서 돌아왔습니다.

오랜만에 보고 싶은 얼굴들도 보고 오빠들과 대화도 하고 산책도 하고 남자들은 족구도 하고 재미있는 하루를 만끽했습니다.

펜션을 통째로 빌렸는데 족구장, 축구장 등도 있었습니다. 바로 옆에는 주천강이 흐르고 있어 여름에 오면 물고기를 잡아 매운탕을 끓여 먹으면 별미라고 했습니다.

하나님 주신 자연을 감사하며, 기뻐하며, 서울보다는 철이 늦어 이제 겨우 피기 시작하는 벚꽃의 정취도 한껏 느끼고 왔습니다.

서연이는 중간고사 기간이긴 하지만 시험공부보다 이것이 더 살아있는 공부라는 생각을 합니다. 기특하게도 공부할 것을 준비해 와서 언니들과 함께 봤습니다.

짧은 여행이었지만 무척이나 여유를 즐겼던 것 같습니다.

주일 예배를 마치고 박 집사와 저는 서연이를 집에 데려다준 후 결혼식 주례 선생님이신 장로님을 모시고 강원도 홍천으로 출발하였습니다.

봄의 불청객인 황사가 올해 들어 가장 극심한 날이라 차 문도 열지 못하고 갔습니다. 장로님과 이런저런 이야기꽃을 피우며 홍천 가는 길은 너무도 아름다웠습니다.

경춘국도를 달려 마치 봄맞이 드라이브를 하는 기분이었습니다. 서울보다 철이 늦어 목련이 만개하였으며, 군데군데 개나리꽃, 이제 작별인사를 하는 벚꽃, 구리 쪽을 지날 때는 배꽃이 어찌나 흐드러지게 피었는지 그저 감탄할 뿐이었습니다. 가지마다 하나 가득 수많은 흰 꽃송이들을 달고 가을에 결실을 기대하며 꿈을 꾸겠지요.

산에는 이제 연둣빛으로 치장한 나무들이 저마다 예쁜 자태를 뽐내고 어느새 초록으로 달려가고 있습니다. 진달래꽃 피는 것을 올해 별로 많이 보지 못해 아쉬웠는데 홍천 쪽은 이제 진달래가 한창이었습니다. 너무도 반갑고 예쁘고 기특했습니다. 설악면을 지날 때는 산 하나가 진달래로 사태져서 그야말로 진달래 동산을 이루고 있는 곳도 있었습니다.

우리 내비게이션이 업그레이드가 되지 않아 경춘고속도로를 모르고 국도로 인도한 덕에 꽃구경도 하고 청평 시내도 한 바퀴 돌고 대학교 때 MT 갔던 대성리도 돌며 잠깐 추억에 젖기도 했습니다. 덕분에 시간은 더 걸리고 조금 밀리기도 했지만 멋진 봄맞이 여행이 되었습니다.

홍천에 중방대리란 곳에 장로님 작은 아드님이 집 짓고 사는 동네가 있는데 멀리 홍천강이 내려다보이고 산으로 둘러싸여 있는 대저택이었습니다. 대지 660평에 지었는데 정원에는 예쁜 꽃들과 나무들이 심겨 있고 황토와 나무로만 지어진 집은 예쁘고, 따로 조금 떨어진 별실로 연습실이 있었습니다.

부부가 음악을 하는 분들이라 지인들을 초청해서 봄 가을로 작은 음악회를 여는데 이번이 세 번째라고 합니다. 음악회는 부부가 사회 겸 해설을 해 주며 연주를 했는데 부부가 바이올린과 비올라를 협주하는 것으로 시작되었습니다. 황사 덕분에 실내에서 대부분 공연을 하였고 피아노와 바이올린 협주 할 때만 야외에서 진행되었습니다. 이렇게 가까이서 연주자들이 공연하는 것을 본 것은 생전 처음이었습니다. 그들의 숨소리까지 들리는, 있는 모습 그대로 자연스러움의 극치인 공연이었습니다.

원래 무대에서는 화려한 의상과 조명과 화장을 하고 한껏 뽐내며 연주하기 마련인데 화장기 없는 얼굴로 옷도 평상시 입던 흰 블라우스에 까만 바지 차림이었습니다. 밖에서 연주할 때는 바람 소리와 새소리와 아이들의 재잘거림까지도 어울림이 되어 환상의 화음을 선사했습니다. 아내가 연주할 때 그윽한 눈빛으로 자랑스러움과 사랑스러움으로 바라보는 남편의 모습이 아름다웠답니다.

제1바이올린, 제2바이올린, 비올라, 첼로, 클라리넷이 만들어 내는 화음이 이렇게 예쁜 줄 처음 알았습니다. 클라리넷 소리는 플루트처럼 현란한 귀족 소리는 아니어도 아주 편안하고 맑은 소리였습니다. 클라리넷을 살리려고 나머지 연주자들은 아주 작은 소리로 뒤를 받쳐 주어 더욱 멋진 클라리넷 연주를 감상할 수 있었습니다.

아이들까지 포함하여 약 70여 명이 참석한 작은 음악회는 저녁 만찬으로 마감을 하였는데 안주인의 정성이 가득 담긴 맛있는 음식을 대접받으며 시골 정취를 한껏 느낀 아름다운 저녁이었죠. 젊고 아름다운 부부가 본인들의 집을 온전히 열어젖혀 음악회도 열고 식사까지 대접하는 모습이 너무도 아름다웠습니다.

✳ 프랑스에 다녀왔어요

2011.5.2.

지난 주일에 프랑스에 다녀왔습니다. 작은 프랑스 시골 마을이었습니다. 무슨 얘기냐고요? 경기도 가평에 있는 '쁘띠프랑스'에 갔다 온 것입니다. 따사로운 햇살과 더불어 만개한 아카시아를 바라보며 경춘가도를 달렸습니다. 청평호수와 바람과 산과 나무들을 지나 야트막한 언덕 위에 예쁘게 자리 잡은 프랑스에 도착했습니다.

앙증맞고 귀엽고 아름다웠습니다. 서연이는 매표소에서 500원을 주고 천을 샀는데 숨은 스탬프를 모두 찍어 오면 상을 준다기에 어찌나 열심히 찾아다니는지 지칠 줄 몰랐습니다. 작은 아이디어 덕분에 꼼꼼히 잘 구경할 수 있었습니다.

생텍쥐페리의 《어린왕자》 이야기가 곳곳에 숨어 있어서 사진 찍기도 좋고 연인끼리 가족끼리 부담 없이 둘러보기에 좋았습니다. 드라마 〈베토벤 바이러스〉를 촬영한 곳이랍니다. 우리 가족은 이 드라마를 아주 재미있게 보았었습니다. 클래식 음악이 나와 더욱 즐겁게 보았던 기억이 납니다. 카리스마 있게 나온 강마에 집무실에 들러 의자에 앉아도 보고 서연이는 즉흥 피아노 연주도 했답니다. 〈런닝맨〉도 촬영한 곳이랍니다. 닉쿤이 나오는 편이랍니다.

아이스크림도 사 먹고 스튜디오에서 사진도 찍었습니다. 사진이 마치 펜화, 유화 같아 신기했고 덕분에 거금을 쓰고 말았답니다.

프랑스 하면 우리에겐 추억이 있습니다. 영국 살 때 근로자의 날 연휴를 맞아 박 집사와 함께 밤 배를 타고 도버해협을 건너갔습니다. 다시 기차를 타고 새벽바람에 파리로 가서 시내 구경도 하고 에펠탑과 개선문도 올라가고 즐거운 하루를 보냈습니다.

저녁엔 에펠탑 근처 분수대에서 정신없이 놀다가 어둠을 밝힌 불켜진 에펠탑에 황홀하게 취해 이리저리 사진 찍고 하면서 시간 가는 줄 몰랐죠. 다 늦은 시간에야 우린 숙소를 정하지 않았다는 걸 깨달았습니다. 부랴부랴 숙소를 찾아 헤매는데 말도 잘 통하지 않고, 우연히 스페인 사람들을 만나 몽마르트르에 자기네 숙소 근처에 가면 잠잘데가 있을 거란 얘기에 함께 전철로 이동을 했습니다. 그러다 시간은 자꾸 흘러가고 안 되겠다 싶어 하차를 하고 결국 택시를 잡아탔습니다. 기사분께 호텔이 가장 많은 곳에 내려 달라고 부탁을 해서 몇 군데 헤매다 다행히 숙소를 잡았습니다.

알뜰한 박 집사는 맥도날드 햄버거를 끼니마다 사 주었습니다. 달팽이 요리가 그렇게 유명하다는데 구경도 못 했답니다. 그래도 괜찮습니다. 이렇게 지나간 추억을 얘기할 수 있는 것만으로도 충분히 행복하니까요. 오는 길엔 춘천 닭갈비와 막국수로 배를 든든히 채우고 짧고 멋진 여행을 마무리했습니다.

계절의 여왕을 허락하신 하나님을 찬미합니다.

주일 예배 후 운영위원회를 마치고 서연일 집에 데려다준 후 박 집사와 저는 아들 데리러 대전으로 출발하였습니다. 아침 일찍 아들에게서 문자가 왔더라고요. 옷 넣을 큰 종이가방과 신문지 등을 챙겨 오라고 말입니다. 웬일로 이렇게 일찍 일어났는지 웃음이 나왔습니다. 집에 오려니 좋은가보다 생각도 들고요. 오후 세 시에 집에서 출발하였는데 차가 막히지 않아 정확히 두 시간 후인 오후 다섯 시에 기숙사에 도착했습니다.

성욱이는 짐 정리를 마치고 우리를 기다리고 있었습니다. 같은 방친구 중 두 명은 벌써 집에 가고 성욱이와 송파구가 집인 컴퓨터공학과 친구가 있었습니다. 얘기만 듣고 처음 보았는데 아이가 참 괜찮았습니다.

학교에서 같은 과 친구들보다도 룸메이트들과 가장 친하다고 합니다. 같이 밥 먹고 같이 자고 같이 공부하고 거의 가족같이 붙어 있다보니 그런가 봅니다. 다행히 서로 잘 맞아 좋습니다. 학교에서 여러모로 배려해 줘서 같은 방을 쓰게 하는 것 같습니다. 학년, 나이, 사는곳, 흡연 여부 등을 꼼꼼히 따지고 같은 과는 같은 방 배정을 해 주지않았습니다. 60년의 경험과 노하우가 쌓인 결과겠지요. 2학기 때는 두 명씩 떨어진다고 아쉬워했습니다. 훗날 너무도 아름다운 추억으로 남으리라 확신합니다.

올라오는 길에 시장하다고 해서 죽암휴게소에서 저녁식사를 했습니다. 박 집사는 비빔냉면, 성욱인 불고기, 저는 우동을 시켜서 서로 나누어 먹으며 오랜만에 오붓한 식사를 했습니다. 휴게소 별미인 통감자 구이와 맥반석오징어 구이를 산 후 차에서 먹으니 이 또한 기가 막혔습니다.

박 집사가 전날 서연이 학교에서 전, 후반 축구시합을 해서인지 많이 피곤했나 봅니다. 식후 졸린 것이 배가되었는지 많이 졸려 했습니다. 저와 아들이 무조건 다음 휴게소에서 스트레칭이라도 하고 가자고 했습니다. 차가 조금 밀린 후 이천 휴게소에 또 들렀습니다. 박 집사는 스트레칭 하고 성욱인 얼른 '아메리카노'란 커피를 사 왔습니다. 아빠 졸리지 않게 커피 잡수시란 배려였습니다. 아빠는 아들이 무척 대견했나 봅니다. "아들이 사 주니 정말 맛있다."라고 몇 번 얘기해 주었습니다.

저는 주전부리를 하고 싶어 여기저기 기웃거렸습니다. 성욱이가 어서 가자고 합니다. 감자, 오징어 살 때도 사지 말라고 하더니 제가 고구마튀김을 사려고 하니 제 팔을 잡아끄는 겁니다. 왕 짠돌이가 되었더라고요. "엄마가 이 정도는 살 수 있다."고 하며 제가 우겨 한 봉지를 사서 차 안에서 정말 맛있게 먹었습니다.

땡볕에서 한 시간 벌어야 겨우 사천오백 원을 받는다고 합니다. 학교에서 이렇게 좋은 아르바이트를 아무도 안 하더라는 겁니다. 버스 타고 다니는 그 넓은 학교를 구석구석 누비며 아르바이트를 해 봐서 인지 아들은 짠돌이가 다 되었더라고요. 혼자 아르바이트를 며칠 했나 봅니다. 뭐같이 벌어서 정승같이 쓴다는 말이 있잖아요. 그전에도 아껴 쓰는 아들이었지만 더욱 돈 귀한 걸 배운 것 같아 대견합니다.

집이 이제 꽉 찼습니다. 기숙사에서 짐이 와서 집안이 조금 더 복잡해졌답니다. 기타를 치기 위해 손톱을 많이 길렀더라고요. 박 집사는 손톱 물어뜯는다고 걱정도 하고 야단도 많이 쳤습니다. 때가 되면 스스로 고치고 하는 것을 기다려 주지 못했던 겁니다. 물론 아이한테 얘기해 주는 것도 중요하지만 한두 번도 아니고 아이에게 스트레스만 준다고 전 생각했는데 그것 때문에도 몇 번 박 집사와 마찰이 있었습니다.

하나님께서도 때가 되면 우리의 기도를 들어주신다고 생각합니다. 아직 때가 아닌 것을 우리는 조급증에 원망도 합니다. 또한 하나님의 뜻이 있어서 기도를 들어주지 않으시기도 하신다고 생각합니다. 우리가 하루하루를 충실하게 하나님 뜻에 맞게 향기 드러내며 살아갈 수 있기를 기도합니다.

스무 살 어린 신부를 만났습니다. 1992년생 가냘픈 어깨와 쌍꺼풀 예쁘게 진 순수한 눈, 호리호리한 몸매, 생글생글 맑은 웃음을 짓는 아주 어린 신부를 말입니다. 이름은 '홍티', 여리고 어여쁜 베트남 신부입니다. 제가 근무하는 사무실 조금 아래에 정육점이 하나 있습니다. 그곳에 안주인으로 들어왔답니다. 노총각 정육점 가게 사장이 장가를 간 겁니다.

형수를 제가 잘 아는 분이라 소개를 받게 되었습니다. 며칠 전 형수를 만났을 때 시동생이 장가를 갔는데 베트남 신부가 법률문제로 아직 입국을 못 하고 있다는 소식을 들었었는데 드디어 오게 된 것입니다. 지난 토요일에 왔으니 이제 일주일밖에 되지 않았답니다. 요즘은 법이 강화되어 3개월이 넘었는데도 입국 못 했다고 했습니다. 아마도 국제결혼의 여러 문제점이 있으니 정부에서도 쉽게 비자를 내어 주지 않는가 봅니다.

어린 신부는 자의 반 타의 반으로 한국에 왔겠지요. 그곳에 어떤 사정이 있는지는 모르지만 아버지 연배의 남편을 따라올 정도면 가히 짐작은 갑니다. 우리네 언니, 이모들이 먹을 게 없어서 공장으로 내몰렸던 시절도 있었잖아요. 연애해서 서로 좋아 결혼하고 평생을 살려고 해도 부딪치는 많은 문제가 있는데 이국 만 리 고향 떠나 낯설고 물설고 말 설고 아는 이 하나 없는 땅에 내동댕이쳐진 가여운 신부였습니다. 어서 잘 먹고 아기 가지려고 한다는 얘기를 들었을 땐 괜스레 '씨받이' 생각도 났답니다.

베트남 여성들이 한국에 시집와서 잘 사는 것을 많이 봅니다. 충북 단양에 고종사촌 오빠의 며느리도 베트남 여성인데 얼굴도 예쁘고 농사일도 잘하고 집안일도 어찌나 잘하는지 모릅니다. 또 그 아기는 얼마나 예쁜지 모릅니다. 가까이는 아파트 주민 중에도 있는데 잘생긴 아들 둘 낳고 시부모님 모시고 사랑 듬뿍 받으며 잘 살고 있습니다. 어린 신부도 그리됐으면 좋겠습니다. 우리나라에 잘 적응하여 아들딸 잘 낳고 남편 사랑 주위 분들 사랑 듬뿍 받으며 정말 시집 잘 왔다는 생각을 갖기를 바랍니다.

제가 예쁘다고 하니 얼굴 가득 웃음을 머금고 "감사합니다."라고 말하는 얼굴이 천진난만했습니다. 우리 아들과 동갑이라 측은지심도 들기도 했습니다. 물론 옛날 우리 부모님 세대엔 다 그 나이에 결혼을 했지만 말입니다.

어찌 되었든 하나님 뜻이 있고 한국과 인연이 되어 이 땅에 왔으니 잘 적응하고 행복한 삶을 살기를 기도합니다.

혜림이를 보았습니다. 꽃다운 나이에 먼저 간 미숙 집사의 외동딸, 혜림이 말입니다. 혜림이는 어느새 초등학교 2학년이 되어 있었습니다. 키도 많이 자라고 여전히 예쁘고 앙증맞았습니다.

미숙 집사는 유치원교사 출신의 재능 많고 순수하고 어여쁜 일꾼이었죠. 성터교회에서 소그룹 할 때 같은 팀으로 있어서 우린 아주 친하고 일주일에도 몇 번씩 만나는 친구였습니다. 주 중에 항상 소그룹 식구들이 한자리에 모여 밥상을 나누며 찐한 사랑도 함께 나누었습니다. 팀장이셨던 강 집사님의 배려로 매주 집사님 댁에서 맛난 식사와 맛난 이야기들로 가득 채웠답니다.

미숙 집사는 먼 길 마다치 않고 한 번도 빠지지 않고 늘 어린 혜림이를 안고 항상 참석을 했습니다. 밝고 유쾌하고 우리 그룹 이름도 본인이 지었습니다. '축복의 통로' 소그룹 발표 때에는 율동도 만들어서 가르쳐 주고 사회도 보고 하며 끼를 맘껏 드러내곤 했습니다.

마침 서연이와 나이 차이가 별로 나지 않아 서연이가 입던 옷을 깨끗이 세탁해서 주기도 하고 서연이가 보던 책, 장난감 등을 주면 고맙다고 하며 잘 사용을 했습니다. 어떤 때는 고맙다고 서연이에게 책 선물하기도 했습니다.

혜림이 동생을 임신했다고 그리 기뻐하였는데 그것이 원인이 되어 혜림이 엄마는 결국 먼 길을 홀로 떠나갔습니다. 어제 주일 예배를 마치고 성터교회에서 오랫동안 성가대장을 도맡아 했던 안 집사님의 부음을 맞아 박 집사와 함께 신촌 세브란스병원 영안실에 다녀왔습니다. 실로 오랜만에 만나는 장로님, 집사님, 권사님, 성도님들과 반갑게 인사를 했습니다. 십여 년 동안 정든 식구들이라 어제 본 듯 다정하게 따뜻한 이야기들을 나누었습니다.

그런데 혜림이를 만났습니다. 혜림이 아빠는 아내가 먼저 간 후에 아픈 추억이 서려 있는 성터교회에 차마 나오지 못하고 다른 교회에 출석을 했습니다. 이젠 다시 성터교회에서 신앙생활 잘하고 혜림이도 또래 친구들이 많아서 잘 적응하고 신앙생활 한다는 반가운 이야기를 들었습니다.

전 혜림이를 한참을 껴안고 울었답니다. 이렇게 잘 자란 혜림이가 고맙고 미숙 집사가 생각이 났습니다. 미숙 집사는 너무도 어린 혜림이에게 젓가락질을 가르쳤습니다. 제법 혜림이가 잘 따라 했습니다. 혜림이를 독립적으로 키우려고 노력했습니다.

아마도 그리도 먼저 가려고 준비했나 봅니다. 미숙 집사가 마지막

가던 모습이 아직도 생생합니다. 얼굴이 많이 부어 있어서 평소와는 많이 다른 모습이었습니다. 날씬하고 갸름하고 약간 허스키한 목소리로 복음성가를 가르쳐 주었었죠. 혜림이가 하나님 안에서 잘 자라 큰 일꾼 되기를 기도합니다.

해마다 열리는 큰 락 페스티벌이 두 개 있는데 지산 락 페스티벌과 펜타포트 락 페스티벌이라고 합니다. 양대 산맥인 두 락 페스티벌을 성욱이 덕분에 알게 되었습니다.

성욱인 지난달 29일부터 31일까지 열렸던 지산 락 페스티벌과 8월 5일부터 7일까지 열렸던 펜타포트 락 페스티벌에 다녀왔습니다. 여름휴가로 다녀왔냐고요? 아니요. 돈 벌러 갔다 왔습니다. 미리 준비해야 하니 하루 전부터 출발했습니다. 아르바이트 사이트에 신청을 했는데 운 좋게 당첨이 되어 다녀왔답니다.

지산 때는 친구들에게 얘기해도 같이 갈 친구가 없어서 혼자 했는데 이번 펜타포트에는 친구 두 명을 섭외해서 함께 다녀왔습니다. 지산 때 같이 일했던 팀장이 성욱이를 잘 보았는지 주말에 행사 있을 때마다 연락해서 함께 일하자고 했답니다. 이번 펜타포트 때도 친구들 있으면 데리고 오라고 해서 백방으로 연락해서 시간 되는 친구 두 명을 데리고 간 것입니다.

많은 경험을 했으리라 생각합니다. 땡볕에서 또 비 오는 중에도 콜라를 무료로 나누어 주는 일을 했다고 합니다. 첫날에 쑥스러워서 소리도 제대로 못 질렀는데 금방 익숙해지더랍니다.

이제 일을 마치고 오는 중이라고 전화 왔습니다. 어젯밤에 통화할 때 하루 더 일하고 오겠다고 하더니 하루 종일 일을 하고 왔습니다. 마지막 철거작업까지 하고 온 것입니다. 태풍 때문에 온 비 다 맞고 작업을 하느라 무척 힘들었나 봅니다. 돈 버는 것 어렵다는 것도 온몸으로 터득했겠지요.

물론 성욱이는 돈 허투루 쓰는 애는 아닙니다. 방학 동안에는 아예 용돈 한 푼도 주지 않았습니다. 알아서 하라고 했지요. 한편으로 기특하기도 하고 한편으로는 미안하기도 합니다. 보다 많은 경험을 통해 더 단단해지고 풍부해지리라 믿습니다.

워낙 음악을 좋아해 잠잘 때도 헤드폰을 꽂고 자는 아들인데 음악 감상은 못 하고 실컷 일만 하다 오는 것입니다. 이다음에 여유가 생기면 본인의 자비로 축제에 여름휴가를 갈 것입니다. 친구들과도 여름휴가 계획을 세웠더라고요.

올해부터는 가족과 함께 가지 않고 친구들과 갈 예정인가 봅니다. 이만큼 자란 아들이 든든하고 감사합니다. 세월이 참으로 빠르다는 생각을 합니다. 내년엔 군대 가겠다고 합니다. 학교 다닐 때 군인 아저씨들께 위문편지와 선물을 보낸 게 기억나는데 내 아들이 군인이 된다니 참으로 많은 시간이 지난 겁니다.

여러 경험을 통해 하나님의 더 큰 일꾼으로 자라길 기도합니다.

✳ 새 냉장고

　지난 17년간 정든 냉장고와 안녕을 고했습니다. 금요일 새벽 여섯 시쯤 너무도 요란한 소리에 잠을 깨 소리의 원인을 찾아보니 냉장고에서 나는 소리였습니다.

　이사 후 몇 번 소리가 심해서 서비스받은 적이 있어서 남편에게 모터 쪽에 청소기로 먼지를 제거해 달라고 부탁을 했습니다. 새벽에 청소기 소리 내는 게 조금 미안했지만, 방법이 없었습니다. 냉장고 소리가 훨씬 더 컸으니까요. 플러그를 빼고 청소를 한 후 다시 플러그를 꽂아도 소리 나는 건 매한가지였습니다. 그런데 다른 콘센트에 플러그를 꽂으니 거짓말같이 조용해졌습니다. 우린 이제 제대로 고쳐졌구나 생각하고 못다 잔 잠을 다시 청했습니다.

　아침에 냉동고 문을 열었을 때 얼음은 온통 물로 변하고 냉동고의 내용물들이 다 녹아 있었습니다. 냉장고 쪽은 그래도 찬기가 있는 듯해서 냉동고만 고장이 난 줄 알았습니다. 부랴부랴 김치냉장고 쪽으로 냉동고 내용물들을 옮겼습니다. 퇴근 후 집에 가 보니 냉장고 쪽도 전혀 시원하지 않고 물이 새는 겁니다. 급한 우유나 계란 등만 겨우 다시 김치냉장고로 옮기고 토요일에 냉장고를 사러 남편과 함께 가서 양문형 지펠을 샀습니다. 덕분에 냉동고와 냉장고 정리가 깨끗하게 된 것은 기쁘지만 혹여 상했을까 봐 버린 음식물들이 많아서 아깝고 속상합니다.

처음으로 저도 양문형 냉장고를 사게 되었습니다. 가능하면 고쳐 쓰려고도 했는데 너무 오래되어 고치는 비용이 많이 들기도 하고 당장 급해서 기다릴 수가 없었습니다. 잘생긴 냉장고가 들어오니 집안이 더욱 환해진 듯합니다. 고장 날 때가 되었으니 고장이 났겠지만 오랜 시간 함께 했던 냉장고와 이별이 많이 서운했습니다.

그리 가려고 마지막 소리를 질렀나 봅니다. 새로 온 냉장고와 이제 많이 친해지고 20년은 넘게 써야겠습니다. 지난번 냉장고는 잦은 이사 탓에 더욱 몸살이 심했으리라 생각합니다.

　광복절 연휴 기간을 이용해 언니 동생들 가족들과 함께 알뜰 여름 휴가를 다녀왔습니다. 예년에는 원주 섬강으로 늘 갔었는데 숙소가 예약이 되지 않아 불가분 속초로 방향을 틀었습니다.

　남편 아는 분이 운영하시는 스마일리조트란 곳으로 숙소를 정했는데 바로 옆 계곡이 가히 환상적이었습니다. 물 맑기가 일급수였고 작은 아이들이 놀기는 안성맞춤이었죠. 안주인 마나님은 품위 있고 단아한 인상을 주셨습니다.

　공짜로 얻어먹은 강원도 찰옥수수는 옛날 엄마가 삶아 주셨던 바로 그 맛이라 너무 좋았습니다. 남편은 이렇게 맛있는 옥수수는 생전 처음 먹어 보았다고 했습니다. 물론 강원도 살 때는 제가 어렸으니 남편은 그때 엄마가 삶아 주셨던 옥수수는 먹어 보질 못했고요.

　우선 큰 방은 팔만 원 작은방은 사만 원이라 여름 성수기에 참 착한 가격입니다. 산이 바라다보이는 조망은 더할 나위 없이 좋았습니다. 실내도 비교적 깔끔해서 괜찮았습니다.

　연휴로 차가 얼마나 막히던지 아침에 출발하여 저녁때에 겨우 도착했습니다. 간간이 빗방울이 뿌리긴 했지만 도착지에서 저녁을 먹을 때는 전혀 비도 오지 않고 삼겹살과 목살, 소시지, 버섯 등을 숯불에 구워 먹기에 너무도 좋은 날씨였습니다. 별로 덥지도 않고 바로 옆 계곡물에서 장난을 치며 온몸이 다 젖어도 전혀 춥지 않았습니다. 너무도 맛있는 왕실의 저녁을 먹은 후 이야기꽃을 피웠습니다.

이튿날 막냇동생네 의견대로 하조대 해수욕장으로 갔습니다. 물은 맑고 사람도 그렇게 많지 않아서 물놀이하기엔 제격이었습니다. 날씨는 또 얼마나 좋은지 다른 지역엔 비가 온다고 했는데 동해안 쪽은 폭염 주의보가 내려졌습니다. 평상을 하나 빌렸는데 이만 원이었고요. 점심은 과일과 맥주와 안주 사발면으로 간단히 해결했습니다.

신혼 초에 남편이 해운대 해수욕장에서 자기가 수영해서 이리저리 저를 데리고 다녔는데 이번에는 아들이 준비해 온 8자 튜브를 끼고 남편이 수영해서 해수욕장을 누볐습니다. 가만히 바닷물에 몸을 맡기고 두 눈은 감고 세상에서 가장 편안한 자세로 남편이 이끄는 대로 있으니 신선놀음이 따로 없었습니다. 바람은 시원하고 바닷물에 두둥실 떠다니니 세상만사 다 잊어버리고 그저 그 시간을 즐길 뿐이었습니다. 모래찜질을 위해 남편이 모래로 온몸을 덮어 주어 따뜻한 모래 이불을 덮고 한숨 아주 잘 잤습니다.

참으로 쉼이 있어야 한다는 생각을 합니다. 그래도 우리 부모님 세대엔 이런 여름휴가를 잘 다니시지 못했는데 우리 세대엔 해마다 누리니 우리 국민들이 전보단 확실히 잘 살기는 하나 봅니다. 이제 에너지 충전을 한 후 다시 뛰어야지요. 애들은 저희끼리 어울려 어찌나 신나게 노는지 어디 있는지조차 모를 지경이었습니다. 이종사촌들이지만 친자매 이상으로 친하답니다. 여태 한 번도 다툰 적도 없이 잘 노니 다들 신기하다고들 합니다.

첫째 날 밤 막내는 아들 재우려다 다른 방에서 일찍 잠이 들어 바로 밑에 여동생과 밤을 새워 가며 살아가는 얘기들을 나누다 새벽녘에야 잠이 들었습니다.

여름휴가 때는 늘 막내네가 모든 준비를 해 온답니다. 제부가 캠핑을 좋아해 모든 장비를 다 가지고 있고 제부네 직업상 차가 커서 무엇이든 거의 다 들어갑니다. 이동식 집이지요. 그곳엔 텐트부터 시작해서 식탁, 의자, 아이스박스, 찬장까지도 구비되어 있습니다. 물론 막내가 때마다 준비하기가 쉽지는 않겠지만 그 일들을 즐겨 하니 다행입니다. 제부는 어찌나 싹싹하고 뚝딱뚝딱 일도 잘하는지 모릅니다. 바지런하고 애들도 너무 잘 돌봐 주어 막내가 훨씬 수월할 겁니다.

이튿날은 하조대에서 물놀이를 하고 다음 날엔 계곡에서 놀았습니다. 계곡도 넓고 물도 별로 깊지가 않아서 아이들 놀기가 너무너무 좋았습니다. 단지 돌이나 바위들이 있어서 신발을 신어야 하는 불편함이 있었지만요.

물건들을 옮길 때 이동 거리가 짧아서 제부가 덜 힘든 것은 다행이었습니다. 양양장에서 긴 셔츠를 사서 위에 덧입은 게 팔을 보호하는데 막대한 영향을 미쳤습니다. 하조대 앞에서 산 반바지는 화려한 핑크로 이렇게 짧은 반바지는 처음 입어 봤습니다. 남편도 반바지 수영복을 거금 일만이천 원에 사서 아주 잘 입었습니다. 가볍고 무엇보다 물이 잘 빠지고 금방 말라서 물놀이하기엔 정말 좋은 수영복이었습니다.

점심으로 감자를 삶아 먹고 옆에서 파는 감자전을 함께 먹었는데 어찌나 고소하고 쫀득쫀득한지 가히 일품이었습니다.

이날 역시도 8자 튜브를 구명조끼처럼 걸치고 유유자적 물놀이를 즐겼습니다. 남편이 전날과 똑같이 저를 태우고 온 계곡을 누비며 수영을 했습니다. 가만히 눈을 감고 가장 편안한 자세로 계곡물에 누워 명상에 잠겼습니다. 세상은 너무도 조용하고 나만이 물 위를 미끄러지듯 두둥실 떠다녔습니다. 물론 아이들의 조잘거림이 귀를 간지럽혔지만 그것은 꿈결에 들리는 음악과도 같았습니다.

간간이 남편이 가르쳐 주는 대로 발차기를 배우며 수영을 하기도 했습니다. 수영장에서 자유형, 배영은 다 배웠는데 평형 배울 때 일을 시작하는 바람에 평형을 잘 못합니다. 남편은 어릴 때 바닷가에서 자랐기 때문에 자연스럽게 바다 수영을 잘합니다. 얼굴을 내밀고 앞으로 뒤로 종횡무진 잘도 다닙니다.

저녁으로는 입암리 막국수를 먹었는데 아이들이 먹기에 맵지 않아서 좋았습니다. 아침에 먹은 시골할머니 청국장과 순두부 산채비빔밥도 좋았습니다. 평소보다 너무도 잘 먹어서, 특별히 육식을 너무 많이 해서 위장이 많이 놀랐을 겁니다. 음식 욕심이 있는 저는 맛있는 걸

보고 젓가락을 별로 놓지를 못합니다.

양이 그렇게 많은 것은 아닌데 제 양에서 늘 초과를 하니 숨도 못 쉬게 힘듭니다. 물론 항상 그런 것은 아닙니다. 특별히 여름휴가 때 그랬던 것입니다.

집에 오니 1kg이 가뿐히 늘었습니다. 일본에서 온 언니와 동생네들 과 진짜 신나는 여름휴가를 보내고 왔습니다.

✳ 벌초 모임   2011.9.5.

   해마다 추석 전에는 시댁과 친정 양가의 벌초를 위해 모임에 참석합니다. 시댁 벌초는 거리도 너무 멀고 남자분들만 모여 하기 때문에 남편과 아주버님들께서 주로 참석을 합니다. 보통 토요일부터 일요일까지 양일간 이루어지는 연중행사입니다.

   친정 벌초는 온 가족이 모여 어우러져 노는 가족행사로 진행됩니다. 친정 선산에 윗대 어르신들을 함께 모셔 가족공원을 만들었기에 벌초가 한결 수월해졌습니다. 덕분에 우리는 토요일 오전에 잠깐 일을 마치고 주위의 펜션을 빌려 함께 모임을 즐겼습니다.

   이번에도 역시 우리는 늦게 가게를 닫고 출발하다 보니 밤 10시가 넘은 시각에야 겨우 도착할 수 있었습니다. 항상 저녁은 함께 먹기 때문에 따로 휴게소에서 저녁을 먹지 않고 어둠을 뚫고 달리고 달려 곧장 모임 장소로 갔습니다.

   모임 장소에서는 음악축제가 한창이었습니다. 다들 어찌나 노래를 잘하는지 마치 초청가수들 같았습니다. 그러나 그것은 잠시이고 주위의 신고로 인해 노래는 중단될 수밖에 없었습니다. 너무 시끄러우니 아마도 누군가가 경찰에 신고를 했나 봅니다.

저희는 삼겹살과 고모님께서 손수 부쳐 주신 부침개로 늦은 저녁을 맛나게 먹고 이야기꽃을 피웠습니다. 이번에는 특별히 대학생 아들이 함께 참석을 하게 되어 오빠들의 시선을 한몸에 받으며 함께 어울렸습니다.

이튿날 모임에서는 단양군 영춘면에 있는 '구인사'를 가기로 정하고 일행들이 함께 갔습니다. 가는 길에 아이스크림으로 더위를 식히며 가파른 산길을 겨우 올라 천태종의 본산인 '구인사'에 도착했습니다. 참으로 웅장하고 멋있었습니다. 산행을 생각지 않고 신발을 신어서 불편했지만, 함께 도란도란 얘기하며 오르니 그래도 견딜만했습니다. 오랜만에 남편과 팔짱을 끼고 산길을 올랐답니다.

마침 점심시간이라 공짜점심을 먹게 되었습니다. 처음으로 먹는 절밥은 조금은 낯설었지만 그야말로 웰빙 음식이었죠. 단 음식을 전혀 남기면 안 되기에 아이들은 조금은 곤욕스러웠을 겁니다. 처음엔 조미료도 전혀 들어가지 않고 약간은 싱거운 반찬들과 된장찌개여서 먹기가 탐탁지 않았는데 먹을수록 맛이 더 있었습니다. 함께 비벼서 먹었는데 처음보다 먹을수록 맛이 느껴져서 참 좋았습니다.

가장 높은 산꼭대기에 올라 7층까지 엘리베이터를 타고 옥상에 오르니 그곳에 다시 멋들어진 탑처럼 세워진 절이 있었는데 그곳은 모두 금으로 입혀 있어서 화려하기가 그지없었습니다. 부처님 상 역시도 금으로 되어 있었습니다. 외국인들이 부처님 상에 절하는 모습을 보기도 했습니다.

돌아오는 길에는 사촌오빠 별장에 들렀는데 마당을 온통 잔디로 깔아 놓아 그곳에 텐트를 치고 놀았습니다. 언니가 준비해 준 삶은 옥수수와 너무도 육즙이 맛있는 복숭아와 닭요리를 맛나게 먹었습니다. 주위가 모두 오빠 땅인데 주위의 주민들이 그냥 온갖 농작물들을 심어서 기르고 있었습니다. 오빠가 오니 주민들이 감자, 옥수수, 파 등을 갖다 주었습니다. 덕분에 대파를 잘 다듬어 한 움큼 얻어 와서 깨끗하게 씻고 썰어서 먹기 좋게 냉동고에 보관했습니다.

구인사에서 내려오는 길에 사 온 더덕은 얼마나 맛이 있는지 그냥 고추장만 찍어 먹어도 맛이 그만이었습니다. 집에 돌아와 도마에 더덕을 놓고 칼자루로 잘 두들겨서 고추장 양념을 해 놓고 두고두고 먹으니 어찌나 맛있는지 밥도둑이 따로 없습니다.

사촌들 대부분이 우리 집에서 함께 기거를 많이 해서 다들 친하답니다. 특히 천안 오빠는 어렸을 때도 엄마와 몇 년을 함께 있었고 대학도 우리 집에서 다녀 더욱 친합니다. 그래서인지 특히 우리 자매들을 살뜰히 챙겨 줍니다. 다른 형제들이 각자 뿔뿔이 흩어지면 우리 자매들과 오빠 가족은 늘 따로 모여 점심까지 먹고 헤어집니다. 이번에도 역시 다른 형제들은 각자 돌아가고 우리 자매들과 오빠 가족들이 별장에서 옥수수도 삶아 먹고 닭볶음탕도 해 먹으며 밤늦은 시간에야 돌아왔습니다. 덕분에 차도 전혀 밀리지 않아 더욱 좋았습니다.

친정 사촌, 육촌 형제들을 봄, 가을에는 늘 만나는 겁니다. 물론 우리 자매들과 남편들의 적극적인 동참으로 인해 가능한 일이기도 해서 늘 감사하게 생각합니다. 덕분에 우리 아이들까지도 잘 어우러져 노는 시간도 있고 얼굴도 자주 보아 더욱 가까워졌습니다. 조금 아쉬웠던 것은 숙소가 너무 비좁아 밤잠을 설쳤다는 것이지만 그래도 오빠들, 동생들과 어우러지는 시간들이 무척 행복했습니다.

해마다 명절 때면 가는 영통 형님네를 추석 전날 가지 않게 되어서 조금 더 자유로운 추석 연휴를 맞게 되었습니다. 해외에 근무하는 시매부가 9월 22일 날 휴가를 오게 되어 그때 다 함께 만나기로 미리 약속을 했기 때문입니다.

아들은 친구네 집에서 자고 온다고 해서 동행하지 못했지만 추석날 아침 남편과 서연이와 함께 뒷동산에 올랐습니다. 산길을 맨발로 오르며 너무도 오랜만에 왔다는 생각을 했습니다. 많은 변화가 있었습니다. 배드민턴장도 칸막이 공사를 해서 좀 더 안전하게 되었고 배드민턴장 수돗가에는 없던 벤치와 탁자도 구비되고 역기와 여러 운동기구가 있는 곳도 공사를 해 체력단련실이 더 그럴싸해졌습니다. 새로운 운동기구들도 많이 설치되어 있었습니다.

오동공원이라고 하는데 이곳을 구에서 더욱 멋있게 꾸미기 위해 공사를 시작했습니다. 나무도 더 심고 편의시설도 더 만들려고 말입니다. 언덕길엔 미끄럼 방지를 위해 검은 고무판 같은 것을 다 깔아놓았습니다. 매일 남편과 함께 도란도란 이야기꽃을 피우며 올랐던 길인데 남편이 다른 일을 시작하고부터는 오지 못했으니 1년이 넘는 시간이 흘렀습니다.

서연인 도토리를 줍기도 하고 몇 개 따기도 하면서 좋아라 합니다. 다람쥐 겨울양식으로 주어야 하니 조금만 가지고 가야 한다고 했더니 언니들 만나면 보여 준다고 몇 개만 땄습니다.

산 정상에는 팔각정이 있고 이곳은 애기능터이기도 합니다. 조선시대 고종의 장자였던 완왕이 12세 때 일찍 세상을 뜨게 되어 묻혔던 자리였지요. 고종의 애끓는 마음이 지금도 느껴집니다. 팔각정 위에는 아주 작은 도서관이 있습니다. 이곳에서 우린 잠깐 독서 삼매경에 빠지기도 합니다.

할아버지와 함께 온 재희라는 다섯 살 남자아이는 아랫도리를 다 벗고 경찰차를 이리저리 굴리며 팔각정을 내닫습니다. 추석 준비하는 며느리를 대신해 손자를 봐 주는 할아버지 모습이 아름다웠습니다. 몇 마디 말을 시키니 약간은 수줍어하면서 자꾸만 제 주위를 도는 아이가 귀여웠습니다.

산모기에 다리를 몇 방 물리기는 했지만 가족과 함께하는 아주 소중하고 예쁜 시간이었습니다. 저와 남편은 윗몸일으키기도 하고 운동 기구에서 운동도 하고 서연이는 철봉에 매달리거나 운동기구에서 운동했습니다.

내려오는 길에 수돗가에 피어 있는 너무도 낯익은 어여쁜 보랏빛 꽃을 발견했습니다. 이 꽃 이름은 방아라고 하는데 서울사람들은 잘 모르고 경상도 사람들은 아주 잘 압니다. 어머니께서 생전에 추어탕을 끓이시거나 된장찌개에도 애용하시던 꽃입니다. 부침개를 만들어 먹으면 맛있다고 했더니 서연인 신이 나서 잎을 따며 당장 해 먹자 난리가 났습니다.

잎을 정성스럽게 모아 집에 와 호박, 버섯, 양파 등과 함께 넣어 부침개를 해 먹으니 이만한 별미가 따로 없습니다. 정말 그 향과 맛이란…. 서연인 익숙지 않은 향에 잘 먹지 않으려고 했습니다. 그래도 맛있게 먹어 주어 고마웠습니다. 딸 덕분에 오랜만에 맛난 방아부침개를 해 먹었답니다.

✻ 아! 아버지!

어제는 제 친정아버지의 9주년 기일이었습니다. 일찍 출발하려고 작정을 하였지만 손님께서 늦게 오시는 바람에 역시나 저녁 여덟 시가 넘어서야 겨우 출발을 하였습니다.

동생들, 조카들과 함께 막냇동생 집인 영통에서 함께 기일을 보냈습니다. 그래도 올케가 준비를 해 주니 그 손길이 예쁩니다. 어서 귀엽고 예쁜 조카를 낳았으면 좋겠습니다.

저희 아버지는 광부셨습니다. 대한석탄공사 소속으로 십오 년 정도 일하신 거로 기억합니다. 그것으로 인해 진폐증으로 돌아가셨고요. 어렸을 적 아버진 온몸에 새까맣게 석탄 가루를 입고 계셨습니다. 오늘 어떻게 될지도 모를 출근길이 날마다 이어졌습니다. 그러다 보니 술로 동료들과 어울리는 일들이 많았습니다. 갱에도 몇 번 갇히셨고 구사일생으로 살아오셨습니다. 칠레 광부들의 구출작전을 보신 것처럼요. 며칠을 갇히셨을 적 본인과 그 가족들의 고통은 말할 수가 없습니다. 그래도 꿋꿋하게 가족을 지키시고 말년까지 공사판을 전전하시기도 하셨습니다.

자식이 많다 보니 그리되신 겁니다. 아버지는 소띠였는데 정말 한

평생을 소처럼 살다 가셨습니다. 열심히 일하시고 나중엔 몸값도 남기셨습니다.

아! 아버지! 아버지가 그립습니다. 서연이 임신소식 들으시고 그리 기뻐해 주시며, 병원에 계실 적에는 아기 운다고 얼른 가라고 하셨는데…. 병원으로 보낸 편지를 보시고 그리 우셨답니다.

그래도 자식 중에는 제가 아버지와 가장 친했습니다. 아버진 저와 많은 걸 의논하시고 몇 번씩이나 "니가 아들이었음 얼마나 좋았겠냐." 말씀하시곤 했습니다. 안산에 집 살 때도 저와 동행하셨습니다. 특별히 박 서방과도 이야기를 잘하시고 좋아하셨습니다.

가장으로서의 짐을 온전히 지고 가시며 저희를 이만큼 있게 하신 아버지 감사합니다. 하늘나라에서는 모든 짐 내려놓으시고 편안히 쉬세요.

맑고 푸른 가을 하늘엔 만국기가 나부끼고 할머니, 할아버지, 엄마, 아빠 모두 함께 넓은 운동장에 모여 드높은 함성과 더불어 즐거운 하루를 보냈습니다. 아이들은 오랜만에 친구들과 함께 즐거운 한 때를 보냈습니다. 맛난 점심과 함께 엄마들도 이야기꽃을 피웠습니다.

서연이와 1학년부터 3학년까지 같은 반 친구였던 두현이 엄마와 함께 아주 많은 대화를 나누었습니다. 그동안 전혀 신앙생활을 하지 못했는데 건강에 이상이 생기는 바람에 하나님을 확실히 만나는 계기가 되었답니다. 남편과 아이도 함께 신앙생활 하고 있으며, 시골에 계신 시부모님께서도 교회에서 운영하는 곳에서 여가활동을 하시다 신앙생활을 하시게 되었답니다. 얼마나 기쁜 소식인지 모릅니다. 함께 신앙인이 되어 서로를 위해 기도하게 되었으니 너무 좋습니다.

서연인 줄넘기 오래 남기에서 가장 오래 남아서 문화 상품권을 받았습니다. 책 사겠다고 무척 좋아했습니다. 장애물 달리기에서도 3등을 하게 되어 좋아라 했습니다. 풍선을 잘 터뜨려서 성공했다고 하더군요.

학부모 줄다리기 대회에서는 청군이 졌습니다. 서연이에게 힘을 보태 줘야 하는데 열심히 했지만 200점을 얻질 못한 겁니다. 서연인 청군이 이겨야 한다고 어찌나 신경을 쓰던지요. 그래도 최종 결과가 청군이 승리하게 되어 다행이었습니다.

가장 재미있던 것은 역시 남녀 계주였는데 앞서거니 뒤서거니 아슬아슬한 경기가 여간 신나는 게 아니었습니다. 어찌나 열심히 했는지 서연인 지쳐서 집에 오자마자 이불 속에서 단잠을 잤습니다.

역시 운동회는 초등학교 운동회가 최고입니다. 시골에서 운동회는 온 동네잔치였지요. 서연이에게도 어린 시절의 아름다운 추억으로 남으리라 생각합니다.

서연이는 어제(11월 1일) 용산에 있는 미군부대에 현장학습 다녀왔습니다. 담임 선생님인 제트 선생님께서 예전에 근무했던 곳이기 때문에 섭외가 가능했나 봅니다.

골프체험비가 3달러 든다고 했는데 때마침 문이 닫혀 있어서 못 하고 왔다고 합니다. 한껏 기대에 부풀어서 갔는데 가는 날이 장날이라고 하필이면 체험을 못 하게 되어 많이 아쉬워했습니다.

점심식사로 버거킹 햄버거를 사 먹었다고 하는데 기름져서 먹기가 조금 불편했다고 합니다. 워낙 서연인 햄버거를 먹지 않았는데 그래도 영어캠프 때 먹어 보고 해서 이번에도 먹기는 했나 봅니다.

아이스크림 가게는 완전 불났다고 합니다. 아이들이라 역시 아이스크림을 많이들 사 먹었나 봅니다. 서연이는 지갑에 2달러짜리가 있었는데 아이스크림 사 먹는 데 썼답니다. 2달러짜리는 한정량만 나와서 귀하다고 하고 행운을 가져다준다고도 하는데 그걸 썼냐고 물었더니 "그래서 아이스크림 가게가 대박 났군요." 하는 겁니다. 자기가 2달러짜리를 쓰면서 손님들이 몰렸다는 거죠.

현장학습 전날에는 미군부대에 가면 걸음도 군인같이 걸어야 한다고 하더니 그걸 물어보질 않았네요. 미군부대에서 무얼 어떻게 배우고 느꼈는지는 모르지만 그래도 아이들에겐 귀한 경험이고 살아 있는 공부였으리라 생각합니다.

　서연이가 드디어 태권도를 시작했습니다. 여러 가지 요인으로 인해 조금 늦추어졌지만 시작이 반이라고 하잖아요. 금년 1월 3일부터 시작했는데 굉장히 재미있어 하고 좋아합니다.

　처음에 태권도 배우자고 할 때는 많이 망설였습니다. 하지만 오늘도 상점을 하나 받아서 냉장고 위에 붙여 놓은 판에다 스티커를 모았답니다. 5월에 있을 달란트시장에서 쓰일 거라고 합니다. 일주일 내내 결석 안 하고 잘하면 하나를 주는데 서연인 벌써 4개나 모았습니다.

　이 주일 다녀서 두 개, 발차기를 잘해서 하나, 또 하나는 다른 아이를 지도를 잘해서라고 합니다. "종아리가 아프다." "허리가 아프다." "스트레칭이 아프다." 여러 군데를 아프다 하지만 시간 맞추어 씩씩하게 잘 다닙니다. 머리도 질끈 동여매고 하얀 태권도복을 입은 모습이 제법 멋집니다. 태권소녀지요.

　성욱인 4학년 때 1년 동안 태권도를 해서 품띠를 땄는데 서연이도 품띠까지는 할 예정입니다. 큰 아이가 아르바이트해서 용돈이 안 들어가니 과감하게 시작했습니다.

키가 조금 작은 것이 늘 마음에 걸렸는데 운동을 하면서 성장호르몬이 많이 분비되어 키도 마음도 쑥쑥 자라길 기도합니다.

아이가 너무나도 재미있어해서 시작하길 잘했다는 생각을 합니다. 제가 먼저 출근하면 서연이가 나중에 준비해서 사무실까지 오고 피아노와 태권도를 하고 다시 혼자 집에 들어가 밥도 챙겨 먹고 책도 읽고 공부도 합니다. 어렸을 적부터 스스로 하는 것을 가르쳐 주려고 나름 노력하고 있습니다. 큰 아이도 작은 아이도 잘해 주어 감사하고 대견합니다.

하나님께서 가장 좋은 것으로 저희 가정에 채워 주시길 기도합니다. 다시 또 1년을 힘차게 달려가야지요.

임진년 새해가 밝았습니다. 사랑하는 성도님들, 소망하시는 바 모든 일이 하나님 뜻 안에서 모두 이루어지시길 기도합니다.

간밤에 몰래 하얀 눈이 소복하게 내렸습니다. 덕분에 눈길을 헤치며 조심조심 걸어왔습니다. 뽀드득뽀드득 눈을 밟으며 행여 미끄러질까 살금살금 언덕길도 내려왔습니다. 명절 연휴를 마치고 일상으로 돌아오니 상쾌합니다. 사무실 마당에 쌓인 눈도 비로 쓸어 내고 새로운 한 해를 또 시작합니다.

이번 설 명절엔 저희 집에서 동생들 가족들이 함께 모였습니다. 덕분에 이동을 안 하니 좋은 점도 많았지만, 이틀을 꼼짝 않고 집에만 갇혀 있어 보니 참으로 답답하고 갑갑했습니다.

손님 맞을 채비를 하느라 구석구석 쌓인 먼지도 털어 내고 집안 정리도 하고 화장실 청소도 깨끗하게 했습니다. 서연인 언니들 올 날을 손꼽아 기다리더니 오기 몇 시간 전부터 문자 보내며 오는 시간을 확인했습니다.

아이들은 자기네들끼리 여러 게임도 하고 책도 읽고 얘기도 하며 깔깔거리며 잘도 놀았습니다. 역시 명절은 모여야 제맛이죠.

아이들 자라는 모습을 보면 참으로 신기하고 재밌습니다. 키가 차이가 많이 나다가도 또 쫓아가고, 언제나 도레미파솔라시도 차이가 납니다. 좀 더 지나면 거의 키가 같아지지 않을까 생각합니다.

어른들도 맛있는 음식을 나누며 이야기꽃을 함빡 피웠답니다. 밤을 거의 하얗게 보내고 새벽에야 잠이 들었습니다.

세배를 받으며 세뱃돈을 주고 덕담을 하고 아이들의 건강과 행복을 기원합니다. 세배를 할 부모님이 안 계시니 가장 먼저 우리 부부가 세배를 받습니다.

날씨가 추운 관계로 북서울꿈의숲에서 노는 일도 취소하고 찜질방도 여러 사정으로 취소하고 다른 때보다 별 행사를 하지 못해 아쉬웠습니다. 그래도 아이들 덕분에 노래방을 간 것이 그나마 다행이었습니다.

노래방 문화가 처음 전파될 때 우리 부부는 영국에 있었습니다. 그때는 인터넷도 안 되고 한국 소식은 깜깜했지요. 귀국하고 노래방에 가족들과 갔는데 너무 생소하고 이상하게 느껴졌습니다. 비좁고 공기도 별로 안 좋은 방에서 열창을 하는 모습들이 신기했습니다. 시간도 별로 없고 해서 노래방은 지금도 낯설고 익숙하지 않습니다. 그래도 동생들 덕분에 몇 번 가서 많이 적응은 했지만 말입니다.

막내네가 날씨가 추워서 공장에 전열기를 켜 놓고 왔다고 해서 더 많은 시간을 함께하질 못하고 비교적 일찍 모임을 파하고 말았습니다. 아이들은 서로 포옹을 하고 아쉬워하며 발걸음을 떼지 못하였습니다.

부모님께서 계실 때는 부모님 댁에서 모여 함께 시간을 보냈었는데 두 분 모두 돌아가시고 난 뒤부터 형제들 집을 번갈아가며 명절을 보내기로 했습니다. 언니는 일본에 있으니 제가 맏이 역할이죠. 늘 언니는 집에서 부재중이었고 항상 그 역할을 제가 했었는데 여전히 지금도 하고 있습니다.

올해도 견뎌 내고 버텨 내고 이겨 내야지요. 힘을 내 봅니다. 임진년 파이팅!

✳ 봄이 오는 소리

올해 처음으로 박 집사와 함께 오동근린공원에 올랐습니다. 서연이를 학교에 보내고 따뜻한 이불 속을 벗어나길 싫어하는 박 집사를 강권해서 겨우 갈 수 있었답니다. 오랜만에 산에 오르니 어찌나 상쾌하고 좋던지요. 몸이 날아갈 듯이 가벼워졌습니다.

그동안 공원은 또다시 업그레이드되어 있었습니다. 흙으로 포장하는 공사는 보았는데 산 정상 팔각정까지도 모두 흙으로 깔았더라고요. 새롭게 단장한 오동헬스클럽이 정말 마음에 쏙 들었습니다. 아예 멋진 집을 지어서 비, 바람, 눈보라에도 끄떡없을 뿐 아니라 아늑하기까지 했습니다. 아래쪽에 있던 역기들과 윗몸일으키기 장비도 모두 새로 지은 헬스클럽으로 이사를 했고 원래 있던 자리는 커피 파는 아주머니의 새로운 공간이 되었습니다.

허리 돌리기, 노 젖기, 앉아서 다리 운동하기, 마라톤 하기, 훌라후프 돌리기 등을 순서대로 하고 내려오다가 또 다른 운동기기도 이용하고 정말 멋진 아침을 맞았습니다. 참새들도 이 나무, 저 나무, 이 가지, 저 가지, 날아다니며 반갑게 아침 인사를 합니다. 오늘은 조금 늦게 올라갔는데 내일부터는 좀 더 빨리 올라가서 여유 있게 운동을 해야겠습니다. 겨우내 한 번도 오르지 못했는데 안면이 있는 분에게 여쭈어 보니 그분은 겨우내 산에 오셨다 합니다.

팔각정이 있는 정상에는 전에 없던 멋진 표지판이 세워져 있었습니다. 보이는 방향에 따라 표시되어 있어서 훨씬 보기가 좋았습니다. 남산타워는 익히 알았지만 청계산, 관악산, 우면산, 청량산 등이 한눈에 들어오니 가히 서울 시내가 다 보이는 것입니다.

아직은 따뜻한 봄바람이 아닐지라도 봄이 오는 소리가 들립니다. 춥고 외로운 겨울을 장하게 이겨 낸 나무들과 인사도 했습니다. 잎들이 많이 있지 않아 아직은 앙상하고 볼품없는 듯 보이지만 금세 푸른 옷으로 갈아입겠죠.

또 다른 공원안내판을 보니 배드민턴장이 무려 네 개나 되고 알고 있던 축구장, 테니스장, 농구장, 족구장, 헬스클럽 등을 보니 운동시설이 다 구비된 멋진 공원이었습니다. 군데군데 운동시설이 되어 있는 것은 물론이고요.

봄 내음 가득한 공원을 그려 봅니다.

✳ 사월이 오면

해마다 4월이 오면 온갖 생물들이 너무도 부지런히 바쁘게 움직입니다. 특별히 저희 가족에게 4월은 무척 의미 있는 달이랍니다. 연중 행사가 가장 많은 달이기도 하고요. 우선 저희 부부는 4월에 결혼을 했습니다. 아들도 4월에 태어났고요. 저의 생일 또한 4월에 있습니다. 친정아버지 생신도 4월이었고요. 가족행사가 완전 몰려 있다고 해도 과언이 아닌 겁니다.

어제는 성욱이 생일이었습니다. 다음 주 월요일에 군대 갑니다. 맛있는 고기로 생일잔치를 했습니다. 아침에는 미역국에 고등어 구워서 먹였습니다.

벚꽃이 만발하고 개나리 진달래 제비꽃 등이 자태를 뽐냅니다. 라일락꽃이 이제 막 피기 시작했습니다. 그 황홀한 향내를 폐 속 깊숙이 마셨습니다. 계절의 여왕이 5월이라지만 4월이 정말 좋습니다. 꽃피는 호시절에 저를 낳아 주신 부모님께 늘 감사합니다.

어제 서연인 서울랜드로 소풍을 다녀왔습니다. 바이킹도 타고 월드컵과 팽이를 탔다고 합니다. 한 번도 타 보지 못해서 무척 무서웠지만 재미있었다고 했습니다. 저희가 가게에 묶여 있는 관계로 별로 데리고 다니질 못해서 미안한데 학교에서 가 주어서 이 또한 감사합니다.

성욱이가 현역으로 입대하게 됨을 감사합니다. 디스크 때문에 많은 고생을 하였는데 이를 고쳐 주신 하나님 감사합니다. 만약 수술을 했으면 현역입대를 못 했을 겁니다.

오늘 〈아침마당〉에 나오신 분이 이렇게 말씀하셨습니다. 내 속에 있는 나의 부족한 부분, 못난 부분 등을 모두 용서하고 그것들을 덜어내고 사랑으로 모두 채워 넣으라고요.

참으로 옳은 말씀이라고 생각합니다. 나를 먼저 사랑해야 나의 이웃도 사랑할 수 있다고 생각합니다. 나를 사랑하고 늘 감사하며 이웃도 사랑하는 제가 되기를 기도합니다.

✱ 논산훈련소 다녀왔어요

　지난 5월 30일(수)에는 대한민국 육군의 요람 논산훈련소에 다녀왔습니다. 성욱이 수료식 참석차 박 집사와 함께 새벽부터 서둘러 논산으로 향했습니다. 한 시간이나 이른 시간에 도착했음에도 벌써 많은 차량이 줄을 맞추어 주차를 하고 있었습니다.

　삼삼오오 우산을 쓰고 전국각지에서 아들들 만나려고 온 부모들의 맘은 다 똑같겠지요. 우천 관계로 실내에서 수료식이 진행되었는데 연병장에서 하는 것보다는 가까이에서 아들 모습을 볼 수 있어서 좋았습니다. 한 가지 놀라운 사실은 연대장님이 대령인데 여자 분이라는 것이었습니다. 아들 말로는 저와 동갑이라고 합니다. 어쩐지 홈페이지에 엄마의 심정으로 꼼꼼히 적어 주셨습니다. 존경스러웠습니다.

　성욱이는 날씬하게 살이 빠져 있어서 군복이 더욱 멋졌습니다. 그래도 어미 된 심정은 마음이 아팠습니다. 얼마나 고생을 했는가 싶어서 말입니다.

　외출증 끊어서 익산으로 가서 맛난 돼지갈비로 점심을 먹고 롯데마트에 들러서 성욱이 필수품 몇 개 사고 나니 벌써 훈련소로 돌아갈 시간이 되었습니다. 아쉬움을 뒤로 하고 작별하고 왔는데 6월 1일 오늘 배출되는데 육군종합군수학교에서 교육 더 받고 자대배치가 된답니다. 특기병으로 된 것이죠. 잘된 것입니다. 군에서 새로운 것 접하고 많이 배우고 새로운 좋은 친구도 많이 사귀면 더욱 좋다고 생각합니다. 하나님께서 좋은 자대배치 해 주시리라 믿습니다.

수료식 때에만 비가 오고 나중엔 날씨가 좋아서 다행이었습니다. 성욱이와 군에 있는 모든 대한의 아들들이 무탈하게 군 복무 마치기를 기도합니다.

✳ 뻐꾸기 노랫소리

　여름의 전령사 뻐꾸기가 웁니다. 아니 노래합니다. '뻐꾹 뻐꾹' 봄이 간다고 웁니다. 여름 온다고 노래합니다. 며칠 전부터 뻐꾸기 소리를 들었는데 주택 가까이에서 들려 진짠지 가짠지 구별할 수가 없었습니다. 어제는 정상에서 들었기에 확실히 진짜라는 사실을 알았습니다. 얼마 만에 듣는 뻐꾸기 소리인지 모릅니다. 서울 도심에서 뻐꾸기 소리를 들을 수 있음에 그저 감사하고 기쁠 따름입니다. 강원도 산골 살 때는 해마다 이맘때면 수도 없이 들은 익숙하고 친근한 소리였습니다. 왠지 뻐꾸기 소리는 청량하고 아름답기도 하지만 쓸쓸하고 슬프기도 합니다. 가는 봄이 아쉬워서일까요?

　오늘 아침에도 뒷동산에 올랐습니다. 뻐꾸기 노랫소리와 함께요. 아카시아꽃은 흔적도 없이 사라지고 빨간 장미꽃이 한창입니다. 코를 장미에 갖다 대고 맡아 보면 향긋한 장미 향이 무척 좋습니다. 박 집사는 서연이 학교 전교어린이회의가 있어서 학교에 데려다주러 가서 저 혼자 타박타박 올랐습니다. 윗몸일으키기, 노 젓기 등 여러 운동을 하고 내려오는데 등 뒤에서 저를 부르는 소리가 들려 돌아보니 박 집사가 언제 왔는지 있더라고요. 내려올 때는 함께 내려왔습니다.

　뻐꾸기 소리를 매년 이맘때 동산에 올랐다면 틀림없이 들었을 터인데 이맘때는 산엘 가지 않았나 봅니다.

가능하면 매일 뒷동산에 가려고 합니다. 그냥 걷는 것만으로도 요즘에는 땀이 납니다. 땀방울이 감사하죠. 어떤 이는 땀이 잘 안 나는 분도 있답니다.

사소한 일상들에 감사하고 사소한 것에 웃고 기뻐하며 살아가야겠습니다. 날마다를 기쁘게 즐겁게, 일생을 그리 사는 것입니다. 오늘도 아름다운 날을 허락하신 하나님께 감사합니다.

2012년 6월 14일(목) 저녁 8시쯤에 성욱이에게서 콜렉트콜로 전화가 걸려 왔습니다. 사무실에 일이 있어서 손님들이 많이 모인 상황이라 짧게 어디로 배치받았는지 물어보았더니 강원도 철원이라고 합니다. 아! 철원이라니. 인터넷으로 철원군부대를 치니 총기사고 폭발사고가 먼저 나와 가슴이 철렁 내려앉았습니다. 겨울에 너무 춥다고도 합니다. 하나님께 좋은 곳으로 보내 달라고 그리 기도했건만…. 속상하기도 하고 걱정이 앞섰습니다.

군생활 동안 좋은 사람들 만나게 해 달라고 기도했는데 아마도 거기에 좋은 인연이 있는 것이라고 스스로 위로했습니다. 육군 6사단이라고 인터넷에 나왔습니다. 메이커사단이라고 합니다. 역사와 전통이 있는 육군 최전방부대 북한과 철책을 맞서고 있는 부대, 압록강 물을 마셨던 부대라고 합니다. 청송부대이며 제2땅굴도 발견했고 6·25 때는 유일하게 북한군을 3일간이나 막아 냈던 부대라고 합니다. 인터넷에 들어가서 육군 6사단 카페에도 가입했습니다. 가슴 졸이고 아들의 전화를 기다려도 어디에 자대배치되었는지 알 수가 없어서 무지 답답했습니다.

드디어 보고 싶고 듣고 싶은 아들의 전화를 받았습니다. 아직 의정부 306 보충대에 있답니다. 동기들이 다 여기 모여서 월요일에 다 자대로 배치된다고 합니다. 자대에 가서 빡세게 고생하고 있어서 전화도 못 하는 줄 알았더니 아직 자대엘 가지 않고 대기하고 있었던 것입니다. 목소리가 밝고 느긋해서 한결 안심되고 답답함이 풀렸습니다.

워낙 우리 아들은 낙천적이고 긍정적이라 걱정을 별로 하지는 않지만 그래도 어미가 생각할 때 아들은 늘 물가에 내놓은 아이죠. 많이 추울 텐데 어쩌냐 했더니 괜찮다고 하고 명품부대라고 했더니 녀석도 들었는지 "빡세대." 합니다. 아이의 목소리를 들으니 이제야 안심이 되고 살 것 같습니다. 녀석은 어딜 가든 씩씩하게 잘할 것입니다.

지난 6월 24일 주일에는 예배를 마치고 집에 잠깐 들렀다가 상암 월드컵 구장을 갔습니다. 경기는 오후 7시에 시작하는데 선착순으로 자리에 앉을 수 있기에 서둘러서 갔습니다.

서연이 학교에서 아이들 표를 나누어 주어서 반에서 단체로 관람 하게 되었습니다. 약 두 시간 이른 시간에 도착했는데도 많은 분이 오 셨더라고요. 가족끼리 친구끼리 연인끼리.

상암구장은 처음으로 와 보았는데 과연 웅장하고 멋있었습니다. 홈 플러스도 있어서 쇼핑하기도 좋았고요. 예쁜 치어리더들의 춤 솜씨를 보는 것과 응원단들의 함성을 듣는 재미도 쏠쏠했습니다. 마침 연예 병사들이 특별출연하여 공연도 볼 수 있어서 일석이조였습니다. '언 터처블'과 'KCM'이라고 했습니다. 군인들도 무리 지어 관람을 하였는 데 성욱이 생각이 많이 났습니다. 군인 중 한 분이 경품 추천에 당첨 이 되어서 좋았습니다.

텔레비전에서 보는 것보다 현장감이 있고 많은 사람과 더불어서 보니 좋았습니다. 또한 아이들이 단체로 노란 체육복을 입고 응원하 는 모습을 보고 방송국에서도 우리 모습을 잡아 주었습니다. 난데없는 텔레비전 출연까지 하였습니다.

아쉬운 점은 FC서울 홈구장이다 보니 너무 편파적으로 응원을 한다는 것이었습니다. 선수 소개도 서울 선수들만 하고 울산 선수들은 소개조차 하지 않았습니다. 골이 터졌을 때도 서울 팀에서 터졌을 때는 축포가 터지고 야단법석이었지만 상대 팀에서 골을 넣었을 때는 아무 반응도 없었습니다. 계속 서울 팀 선수 이름을 외치고 "서울 서울!"만 목청껏 외쳤습니다. 홈구장의 이점을 100% 살리려는 것인지는 모르겠지만 너무 한다는 생각을 했습니다. 울산에서 경기를 한다면 서울 팀은 똑같은 찬밥 신세가 되는지는 모르겠습니다.

서연이 덕분에 오랜만에 축구경기도 보고 상암 월드컵구장도 보고 재미있었습니다. 무엇보다 지하철과 경기장이 바로 연계되어 있어서 시민들이 이용하기에 편리하게 되어 있어서 좋았습니다. 저희는 차를 가지고 갔는데 별로 밀리지도 않았습니다.

요즘 야구장은 계속 관중 신기록을 세우며 신이 났습니다. K리그 경기 시 관중들이 많이 와 주셔야만 축구 발전이 많이 되리라 생각합니다. 국제경기는 많이들 관람하시는데 국내 경기는 관중 흉년이란 얘기를 많이 들었습니다. 다행히 지난번 경기는 2만4천 명 정도 관람을 하신 걸로 기억합니다. 아이들과 함께 가족분들이 모여 경기관람을 하면 추억도 만들고 좋으리란 생각을 했습니다.

✱ 철원에 다녀와서

7월 7~8일, 1박 2일로 철원에 성욱이 만나고 왔습니다. 하루 전에 사무실 문 두 군데에다 임시휴무한다고 붙여 놓고 당일 새벽부터 서둘러 철원으로 향했습니다.

아들 만나러 가는 길은 왜 그리도 멀게 느껴지는지요. 가는 길에는 새벽안개가 몽글몽글 피어나고 한 시간 30여 분을 달려 이미 철원에 왔는데 부대를 찾을 수가 없었습니다. 이럴 줄 알았으면 미리 정확한 위치를 알아 두었어야 하는데 주소는 사서함으로 되어 있어서 상노2리까지밖에 알 수 없었습니다. 마침 같은 부대가 있어서 물어보았고 성욱이에게도 전화가 와서 잘 찾을 수 있었습니다.

아들과 반가운 포옹을 하고 우리 가족은 철원에서의 여행을 시작했습니다. 우선 숙소를 정하고 첫날 일정은 성욱이 필요한 물품과 동료들이 요청한 물품을 사고 고석정과 담터계곡에 가서 발 담그고 휴식을 취하기로 했습니다.

동송읍 여기저기를 다니며 필요한 물품도 사며 온 가족이 함께 보내니 그 또한 즐거웠습니다. 임꺽정이 물건을 쌓았다는 고석정을 둘러보고 점심으로 아이들은 냉면, 우리 부부는 산채비빔밥을 먹었습니다. 성욱이는 친구들과 전화 통화도 하고 멋진 고석정을 배경으로 기념사진도 찍었습니다.

담터계곡은 물이 너무도 맑고 깨끗하고 시원하고 좋았습니다. 야영장도 있고 펜션도 있었습니다. 계곡에서 발 담그고 있으니 신선놀음이 따로 없었습니다. 성욱이는 전투복을 입고는 전투화를 벗으면 안된다고 기어코 신발 벗기를 거부했습니다. 담터계곡에서 놀다가 숙소 근처에서 삼겹살과 돼지갈비를 반반 시켜서 맛나게 먹었습니다.

숙소를 동송읍 가장 번화한 곳으로 잡아서 쇼핑하기도 좋고 식사하기도 좋았습니다. 성욱이는 우리와 많은 얘기도 나누고 컴퓨터도 하고 친구들과 전화 통화도 하며 오랜만에 자유를 만끽했습니다.

이튿날 아침에는 굳이 서연이가 햄버거를 먹겠다고 하는 바람에 과일과 옥수수로 아침을 대충 때우고 햄버거로 아점을 먹었습니다.

우리 가족은 드디어 본격적인 여행을 시작했습니다. 먼저 노동당사에 들렀는데 민족의 아픈 역사의 장소를 보며 가슴이 먹먹했습니다.

월정리역으로 가려면 민통선을 지나가야 하는데 검문소에서 성욱이 군번과 우리 신분증을 확인하고 차량통행증을 주었습니다. 나중에 안 일인데 원래는 정해진 시간에 고석정에서 미리 신청을 해서 비용을 내고 단체관광으로 버스로 이동해야 하는 거였습니다. 아들 덕에 민통선을 통과할 수 있었던 것입니다.

차량은 우리 차밖에 없고 너무도 평화로운 모습이 펼쳐지니 여기가 바로 북한 코앞이라는 게 실감이 나질 않았습니다. 철책선이 보이고 GOP에서 경계근무를 하는 군인들을 봤을 때야 약간 긴장도 되고 실감이 났습니다. 월정리역에서 그 유명한 '철마는 달리고 싶다'는 표지를 보니 참으로 안타까운 맘에 눈물이 날 것 같았습니다. 하물며 북에 부모 형제를 두고 온 실향민들이야 말해 무엇하겠습니까? 기차 잔해들만 널브러져 있고 바로 다음 역이 평강역이란 표지가 있었습니다.

두루미전시관에서는 박제된 동물들을 보고 그 멋진 모습에 감탄을 했습니다. 마침 KBS에서 방송되었던 철원 두루미를 보았기에 익숙하고 반가웠습니다. 평화전망대를 오를 때는 모노레일을 이용했는데 처음으로 타 보기도 했고 경관이 너무도 아름다웠습니다. 망원경으로 북쪽을 보며 정말로 너무도 가깝게 있음을 보며 가슴이 많이 아팠습니다.

도피안사에 잠간 들러 통일신라 시대의 철로 만든 불상과 탑도 보고 연못에 핀 연꽃도 보았습니다.

성욱이는 차에서 내리지도 않았습니다. 고생하는 군인들이 보이는데 놀러 나온 것 같아 미안해서 나오질 못하겠다고 합니다. 그래도 나와서 함께 보면 더 좋았을 텐데 녀석의 맘이 너무 예쁘다고 생각했습니다.

삼부연폭포와 직탕폭포를 둘러보고 기념사진도 찍고 순담계곡에서 발 담그고 놀려고 했는데 순담계곡은 래프팅 출발지였습니다. 내려가서 노는 곳이 아니었던 것입니다. 성욱이 여유 옷이 있었으면 래프팅을 했으면 좋았을 텐데 다음 기회로 미루었습니다.

하는 수 없이 과자와 물 과일 등을 사서 다시 담터계곡으로 가서 놀았습니다. 서연이에게 물수제비를 가르쳐 주었는데 제법 잘 따라했습니다. 성욱이는 여전히 군화를 벗지 않고 있었습니다. 성욱이 아빠가 전날 성욱이 물 건너라고 만들어 준 징검다리에 다른 이들이 더하여 아예 둑처럼 쌓아서 만들어 놓았습니다. 성욱이는 뚜벅뚜벅 잘 건널 수 있었습니다.

담터계곡에서 놀다가 다시 숙소 근처로 와서 저녁을 한식으로 가볍게 먹고 성욱이 부대에 데려다주었습니다. 다시 헤어져야 하니 섭섭하고 또다시 가슴이 뻥 뚫린 것 같았습니다. 복귀하는 아들 뒷모습을 한참을 바라보고 차 안에 들어와서 펑펑 울었답니다. 그래도 녀석이 잘 적응해 주고 선임들에게도 신임을 받는 것 같아 안심도 되고 감사합니다.

한 달에 한 번 정도는 면회 오려고 합니다. 보고 싶은 아들 만나러
철원을 자주 드나들어야지요.

2012년 8월 17일(금)~20일(일) 2박 3일간 강원도 쪽으로 동생들 가족들과 함께 여름휴가를 다녀왔습니다. 출발하는 날 마침 일이 있어서 오후 3시 30분이 넘어서야 출발할 수 있었지만 떠난다는 것만으로도 즐겁고 행복했습니다.

안산 동생네는 부산으로 창원으로 갔다가 다시 집에 도착하자마자 합류를 하였습니다. 수원 동생네는 밤늦은 시간에 일을 마치고 밤 열두 시가 다 되어서 출발을 하였습니다.

숙소가 원주에 있는 동서울레스피아로 정해졌기에 마음 놓고 즐길 준비가 되었답니다. 처음에 예약하기로는 18일 토요일밖에 안 된다고 해서 일단 하루 예약해 놓고 하루는 민박이든 모텔이든 잠자리를 해결하려고 했습니다. 그런데 운이 좋게도 여주휴게소에서 우동 한 그릇 먹으며 전화를 해 보았는데 마침 25평형으로 예약이 된다고 했습니다. 모든 게 감사할 따름입니다.

늦은 시간이었지만 원주시 단구동에 있는 박경리 선생님이 생전 거처 하셨던 '토지문학공원'을 방문했습니다. 오후 다섯 시에 행사가 끝나서 북카페에 전시물을 감상하고 토지에 나왔던 세 군데 장소를 만들어 놓은 공원을 산책하려는데 친절하신 경비아저씨께서 박경리 선생님의 대문을 열어 주셔서 선생님의 향취를 느낄 수 있는 귀한 시간이었습니다. 아담한 집과 손수 가꾸셨던 텃밭과 아주 작은 연못에 핀 연꽃까지 감상을 하고 선생님의 동상 옆에서 포즈를 취하고 사진도 찍었습니다.

가장 먼저 숙소에 도착하여 동생들 가족들을 기다리려니 조금은 심심했지만 저녁 아홉 시에 안산 동생네 가족들이 도착해서 본격적인 휴가가 시작되었습니다. 새벽 두 시쯤 수원 동생네 가족들이 도착해서 맥주 한 잔씩 나누며 이야기꽃을 피우고 밤을 하얗게 지새웠습니다.

토요일 늦은 아침 겸 점심을 먹고 물놀이를 위해 섬강을 갔습니다. 행여 물의 상태가 좋지 않을까 걱정을 했는데 역시 섬강은 우리를 따뜻하게 맞아 주었습니다. 때마침 전날 내렸던 비에 강물도 풍부했고 백로들이 날아다녔습니다. 휴가 끝물이라 오직 우리만을 위한 섬강이었답니다.

소나기를 맞으며 물놀이를 하는데 가히 환상적이었어요. "하하 호호." "깔깔 낄낄." 어른들이나 아이들이나 어찌나 즐겁게 놀았는지 강이 떠나갈 듯했습니다. 강물에 떨어지는 굵은 빗방울들의 축제가 어찌나 멋지고 아름답고 신났는지 모릅니다. 비를 맞으며 물놀이하는

게 이렇게도 재미나는지 예전에 진정 몰랐답니다. 비 온 뒤 산과 강이 어우러지며 물안개 가득한 섬강은 무릉도원 그 자체였습니다. 정선의 산수화가 이보다 더 멋지랴 생각했답니다.

맛있는 돼지 뒷다리살과 목살을 숯불에 구워서 먹으니 임금님이 부럽지 않을 정도였습니다. 아이들은 자맥질을 치고 수영을 하고 튜브 보트도 타고 물에서 나올 줄을 몰랐습니다.

토요일 역시도 이야기꽃을 피우느라 늦게들 잠자리에 들었는데 저는 전날 밤을 새운 덕에 비교적 일찍 잠자리에 들었답니다.

주일 아침에도 조금 늦게 식사를 하고 하조대로 출발을 하였습니다. 점심으로는 메밀로 만든 막국수를 말아 먹었습니다. 건강에도 좋고 맛도 좋으니 일석이조였습니다. 하조대 역시도 한산하여서 물놀이 하기엔 기가 막혔습니다. 파라솔 하나를 빌리고 조개도 잡고 물놀이도 하며 여름휴가를 만끽했답니다.

저녁에는 주문진항에서 광어회도 먹고 물회와 매운탕으로 맛나게 배를 채웠습니다. 주문진에 온 김에 건오징어를 샀는데 울진에 살던 동생이 맛있는 오징어를 잘 골라서 가격도 삼만 원에 20마리이고 서비스로 쥐포도 구워 주고 오징어포와 다시마가 들어간 젤리와 과자도 받았습니다.

주일에는 차가 많이 막히므로 늦은 밤에 출발을 하였습니다. 집에 도착하니 새벽 한 시가 다되었습니다. 2박 3일이 어떻게 지났는지 모르겠습니다. 꿈결같이 아름답게 보냈답니다. 모두가 다 하나님의 은혜입니다.

✻ 아들, 첫 휴가 복귀

아들이 첫 휴가 4박 5일을 마치고 휴가 복귀하러 수유역으로 출발 했습니다. 어제 오후 세 시 삼십 분 차를 예매해 두어서 늦지 않게 출발한 것이죠.

어제는 친구들과 함께 밤을 보내느라 아침에야 집으로 돌아왔습니다. 이제 친구들 다 군대 가면 뿔뿔이 흩어져 몇 년간은 만나기 어렵다고 합니다. 밤 열 시까지는 가족과 함께 보내고 늦은 밤에 나갔으니 친구들과의 시간이 필요했을 겁니다. 아빠가 아들 보러 지방에서 시간 내서 오셨으니 우리 가족들이 모두 다 모여 오붓한 시간을 보냈습니다.

이번 휴가는 신병위로휴가라고 하여 짧게 주고 다음부터는 9박 10일 준다고 합니다. 다음 휴가까지는 6개월을 보내야 하니 무던히도 긴 세월입니다. 운이 좋아 포상휴가를 나올 수도 있겠지요. 중간에 외박을 신청하라고 해서 아들 얼굴 보고, 면회도 가야겠습니다.

만날 때는 너무도 반갑고 기쁘고 좋은데 헤어짐은 늘 아쉽고 가슴이 아픕니다. 아들 잘 다녀오라고 말하고 사무실에 왔는데 또 눈물이 납니다. 보고 싶은 우리 아들 또 얼마나 지나야 만날 수 있을 텐데….

하필이면 어젯밤에 친구들 만나러 나갔다가 친구들 기다리는 시간에 잠깐 PC방에 들렀는데 지갑을 분실했답니다. 휴가증과 신분증 나라사랑카드에 약간의 현금이 있었다고 합니다. 아침에 집에 왔으니 더운밥도 해 주지 못하고 자는 모습 보고 출근했습니다.

점심은 가까운 식당에서 남편, 아들과 함께 먹으려고 했는데 아들이 그냥 사무실에서 먹자고 합니다. 반찬도 변변치 않고 밥이 현미밥인데 혼자 점심만 먹다 보니 해 놓은 지가 오래되었습니다. 새로 지은 맛있고 따뜻한 밥을 해 주고 싶은 게 어미 맘인데 아들이 그냥 괜찮다고 먹자고 하니 모두 사무실에서 밥을 먹었습니다. 밑반찬과 두부 한 모와 도토리묵 한 모를 사다가 간장에 찍어 먹었습니다. 새로 지은 따뜻하고 맛난 밥을 해 주고 싶었는데 맘이 많이 아픕니다. 녀석이 괜찮다고 해서 다행이긴 합니다. 아들은 군대에서 나오는 월급으로 모두 해결을 하고 우리에겐 손 하나 벌리지 않았습니다.

아들이 아침에 잠을 자다 보니 잃어버린 신분증, 카드 등을 재발급 받아야 하느라 조금은 바빴습니다. 본인이 다 알아서 일을 척척 하니 듬직합니다.

이번에 지갑을 잃어버린 게 예방주사가 되어 아마도 더 조심하리라 생각됩니다. 속상하지만 어쩌겠습니까. 저보다 본인이 더 속상할 텐데요.

하나님께서 늘 눈동자처럼 우리 아들을 지켜 주시리라 믿으며 동행하셔서 길이 되고 빛이 되심을 믿습니다. 이제 다시 일상으로 돌아와 아름다운 가을과 벗하며 나의 일을 열심히 해야겠습니다.

✷ 오랜 친구인 세탁기여 안녕!

　　2012년 10월 23일(화) 만으로 17년 햇수로는 18년 된 오랜 친구 세탁기와 작별을 고했습니다. 영국에서 1993년 귀국할 때 독일제 아이게 세탁기를 사서 배편으로 이삿짐과 함께 보냈습니다. 당시에는 우리나라 기술력이 그렇게 좋지 않았을 때이고 드럼세탁기를 영국에 가서 처음으로 보았던 시절이었습니다. 기존에 쓰던 세탁기가 있어서 아끼느라 1995년에야 처음으로 사용하기 시작했는데 잔 고장 없이 오랜 시간 동안 묵묵히 우리의 빨래들을 빨아 줘서 고마웠습니다.

　　아가씨는 우리 집에 왔을 때 쭈그리고 앉아서 세탁물을 넣고 빼는 게 불편하다고 했습니다. 그전에는 잘 몰랐는데 그 얘기를 듣고 보니 아가씨 말이 맞았습니다. 그래도 멀리 배 타고 온 세탁기는 우리 집에선 없어서는 안 될 귀한 물건이었고 몇 번씩 이사하면서도 잘 사용하였습니다.

　　한 달여 전부터 세탁기 문이 잘 안 열리고는 했지만 그래도 잘 썼는데 일주일 전에는 빨래를 한가득해 놓았는데 세탁기 문이 요지부동 열리질 않았습니다. 모아서 해 놓은 빨래라 얼른 건조해서 입어야 하는데 여간 불편한 게 아니었습니다. 아무리 기를 쓰고 문을 열고자 노력하였지만 소용이 없었습니다. 하는 수 없이 서비스센터에 연락을 해서 기사가 와서야 겨우 열 수 있었습니다.

부품을 교체하려고 보니 비용이 만만치 않았습니다. 오래된 세탁기라 수리를 하는 것보다는 차라리 새것으로 사는 게 더 낫겠다는 결론을 내어 금주 월요일에 세탁기를 부랴부랴 구입하고 어제 설치를 하게 된 것입니다.

이불빨래도 시원하게 할 수 있는 엘지 통돌이 15kg를 구입했는데 세탁기를 돌리고 바로 다시 사무실로 왔기 때문에 빨래 과정은 지켜보지 못했습니다. 퇴근 후 빨래를 널려고 보니 색깔 옷에 먼지 같은 게 묻어났습니다. 우려가 현실로 나타난 것입니다. 물론 흰옷과 색깔옷을 구별해서 빨았으면 괜찮았겠지만 밀린 빨래를 한꺼번에 돌리고 나올 수밖에 없었습니다.

다이소에 가서 거름망을 사다 넣어야겠습니다. 세탁기를 거의 끝으로 우리 집 큰 가전제품은 대부분 교체를 했습니다. 오랜 시간 동안 사용하다 보니 고장이 나서 서비스를 몇 번 받고도 수선비용이 너무 많이 들면 교체하곤 했는데 텔레비전을 시작으로 냉장고 이번에 세탁기까지 새로 바꾸었으니 앞으로 약 20년간은 너끈히 쓸 수 있으리라 생각합니다. 그래도 근 20년간이나 정들었던 아이게 세탁기여 안녕! 그동안 수고 많이 했어. 고마워!

✳ 졸업식 날

우리 딸이 졸업식을 했습니다. 강당에는 졸업생, 재학생, 선생님, 학부모님들, 할머니, 할아버지, 오빠, 언니, 동생 모두 모여 한바탕 축제의 장을 이루었습니다.

학사모와 가운을 단정하게 입은 전교생 한 명 한 명 모두 호명되어 단상에 오르고 교장 선생님께서 직접 졸업장과 소질상을 수여하시고 악수도 하셨습니다. 안내장에는 역대 담임 선생님들의 존함과 졸업생들 이름과 졸업식 순서가 기록되어 있었습니다.

송사나 답사도 물론 있었고 이사장상부터 시작하여 공로상은 주로 학생회 소속 학생들이 타게 되었는데 특이한 것은 한 사람 한 사람 모두 단상에 오르지 않고 대표 한 사람만 받았다는 것이었습니다. 보통은 상 받는 아이들의 명단이 안내장에 다 기록되고 순서마다 외빈들이 나오셔서 상을 수여하는데 안내장에는 이사장상 한 명 공로상 몇 명, 동창회장상 몇 명, 외부상 몇 명 만 기록되어 있어서 참으로 신선했습니다. 대신에 6년 개근상은 한 사람 한 사람 호명하며 일어서도록 했습니다. 물론 상 받는 아이들의 명단은 소식지를 통하여 미리 공개되었지만 졸업식에서 모두 다 한 사람씩 단상에 올라가서 받는 것으로 생각하였던 바라 의외였습니다.

참으로 어려운 길을 걸어서 6년을 채웠습니다. 몇 번을 전학시키려고 했지만 어떻게든 견뎌 보자고 수없는 다짐을 하곤 했습니다. 행여 아이가 전학으로 인해 상처를 받거나 왕따를 당하는 일이 생길까 두려웠습니다. 너무도 잘하고 있는 아이를 위해 나중에 투자하는 대신 먼저 하는 것이라고 스스로를 위로하기도 했습니다.

졸업식 노래를 재학생이 먼저 부르고 졸업생이 나중에 받아서 하는데 눈물이 났습니다. 가사를 생각만 해도 가슴이 찡했습니다.

학원 한 번 안 보내고 잘해 준 딸이 자랑스럽고 대견합니다. 수많은 악조건 속에서도 꿋꿋하게 밝게 명랑하게 예쁘게 자라 주는 딸이 고맙습니다. 이다음에 세월이 흘러 예쁜 추억으로 얘기할 날이 오겠지요. 결핍이 아이를 더욱 강하게 건강하게 독립적으로 자라게 해 주리라 믿으며 뒷바라지 잘 못 해 주는 어미 맘을 스스로 위로해 봅니다.

✳ 찬란한 슬픔의 봄

출근길에 노오란 개나리들이 반갑게 인사합니다. 갓 깨어난 병아리 같은 개나리들이 봄의 시작을 알립니다. 백목련이 꽃망울을 터뜨리기 전 곱고 흰 자태를 자랑하고, 벚꽃들 역시도 금방이라도 터질 것 같은 꽃망울을 방울방울 달고 있습니다. 겨울을 이겨 낸 꽃들을 보니 괜스레 눈시울이 붉어집니다. 산수유는 이미 활짝 피었고 찬바람은 어디로 갔는지 종적도 없으며 피부로 느껴지는 바람은 그저 포근하고 따스하기만 합니다.

아직은 내복을 고수하고 있지만 이제 머지않아 봄옷으로 갈아입어야겠지요. 사무실 한가운데 떡 버티고 있는 난로도 조만간 한쪽으로 치워야겠고요. 행여 수도가 얼세라 꽁꽁 싸매 두었던 비닐과 천들을 오늘에서야 제거했습니다.

꽃들의 향연을 만끽하며 또다시 찬란한 슬픔의 봄을 맞이합니다. 너무나도 금세 사라지겠지만 어느 해보다도 찬란한 봄의 아름다움을 맘껏 느껴 보려고 합니다. 겨우내 웅크렸던 마음까지도 활짝 펴고 하나님 주신 생명의 신비를 맛보아야지요.

✳ 2015년 6월에

2015년도 절반이 지나가고 있습니다. 온 나라가 메르스 공포로 뒤숭숭합니다. 참으로 한 사람이 얼마나 중요한지 다시 한번 깨닫습니다. 한 사람을 처음부터 잘 관리했으면 이토록 나라 전체가 시끄럽지는 않았을 텐데….

하지만 차라리 어떤 면에서는 위기를 기회로 삼아야 한다고 생각합니다. 전 국민이 위생관념을 높이는 좋은 계기가 될 것이고 병원 시스템과 나라의 위기관리 시스템이 새롭게 정비될 수 있을 것입니다. 사우디아라비아에서는 메르스의 역학관계도 연구가 어려웠지만 우리나라에서는 제대로 연구할 수 있는 기회가 되어 세계인들에게 공헌할 수 있을 것입니다. 어떠한 어려움도 잘 견뎌 내고 이어 온 반만년 역사의 우리나라입니다. 어서 빨리 메르스 공포에서 해방되길 날마다 기도하고 있습니다.

우리나라가 더욱 살기 좋은 나라가 되는 과도기적인 경험일 것입니다. 공공재의 중요성과 더욱 발달될 수 있는 더 나은 환경을 제공하는 것입니다. 아이러니하게도 강남 부유층의 감염이 심각해서 학교 휴업이 집중되었다는 것입니다. 다행히도 강북은 학교 휴업 없이 조용합니다. 2015년은 메르스 공포의 해로 기억될 것입니다.

2017년 8월 15~18일 3박 4일의 일정으로 남편, 딸과 함께 대만여행을 다녀왔습니다. 아들과도 함께 하고 싶었지만 아들은 일이 있어서 다음 기회로 미루어야 했습니다. 비행기가 7시 50분 출발이라 우리는 늦어도 새벽 6시까지 인천공항에서 온라인투어 여행사와 미팅을 해야만 했습니다. 새벽 2시에 눈이 떠져 그때부터 준비를 하니 공항버스 첫차인 4시 27분 차를 여유 있게 탈 수 있었습니다. 비가 제법 내려서 조금은 불편하였지만 즐거운 마음으로 출발하였습니다.

대만 도원공항에 내려 박정림 가이드와 미팅을 하고 곧장 일정이 시작되었습니다. 우리는 진에어 연합으로 하는 '품격여행'이어서인지 인원이 아기 포함 총 26명이었습니다. 첫날 일정이 빽빽하게 진행되었습니다.

* * *

— 국립고궁박물관

'국립고궁박물관'은 세계 5대 박물관 중의 하나라고 합니다. 지혜로운 박정림 가이드 덕분에 콕 집어서 봐야 할 유물을 중심으로 관람하였습니다. 미리 연대별로 설명을 하고 왜 그 유물을 보고 가야 하는

지도 잘 설명해 주었습니다. 우리나라 경상도 크기만 한 작은 대만이 산호와 대리석이 많이 나기로 세계 랭킹에 들어가는 것도 알게 되었습니다.

― 서문정거리

'서문정거리'는 한국의 명동과 비교되는 곳으로 젊은이들의 거리라고 할 수 있다고 합니다. 가게들이 즐비하게 있고 영화관도 있었습니다. 이곳의 명물인 망고빙수와 버블티도 맛보았습니다. 망고빙수는 시원하고 고소하고 정말 맛있게 먹었으며, 버블티는 쫄깃쫄깃한 젤리가 아주 많이 들어 있는 것이 특징이었습니다.

여기는 덥고 습한 나라고 비가 자주 오는 곳이라 1층 가게를 안으로 깊숙하게 짓고 바깥에는 한국의 처마가 아주 넓게 되어 있는 것처럼 있어서 그곳으로 지나가니 햇빛도 좀 피할 수 있었고 무엇보다 비가 올 때 아주 유용하겠다는 생각을 하였습니다. 상점에서 대만 지도 모양의 열쇠고리와 지우펀 사진이 있는 자석을 샀습니다.

― 중정기념당

'중정기념당'은 대만을 만든 '장개석' 총통의 기념관입니다. 총통의 일생에 대해 잘 알 수 있었고 특별히 한국과의 관계도 돌아보는 기회가 되었습니다. 부인인 송미령 여사의 가족사에 대해서도 더욱 자세하게 알 수 있었고 송 씨 세 자매가 중국 역사상 큰 족적을 남긴 이야기도 더욱 구체적으로 들으며 대단하다는 생각을 했습니다.

가이드가 너무 더우니 수분을 섭취해야 한다고 물이나 버블티를 가지고 가라고 해서 서문정거리에서 사 온 버블티를 들고 있었는데 어느 대만인이 "노 드링크." 하면서 우리를 가리켰습니다. 우리는 먹지도 않고 들고 있기만 했는데도 말입니다. 그냥 화장실 가서 먹다 남은 버블티를 다 버릴 수밖에 없었습니다.

― 라오허제 야시장

대만의 주택들은 70% 정도가 주방이 없다는 얘기를 듣고 깜짝 놀랐습니다. 날씨도 덥고 해서 야시장이나 가게에서 대부분 끼니를 해결한다고 합니다. 야시장은 그야말로 발 디딜 틈 없이 복잡하고 인파로 붐볐습니다. 모두 가족들과 함께 저녁식사를 나온 것입니다. 거리마다 앉아서 먹는 사람도 있지만 대부분의 사람들이 음식물을 손에 들고 걸어가면서 식사를 하고 있었습니다. 대만분들의 일상을 간접적이나마 접할 수 있어서 좋았습니다.

야시장은 원래 다음날로 미루어 보려고 했으나 한식 음식점이 정전이 되는 바람에 먼저 둘러보게 되었습니다. 태풍이 올 때 말고는 정전 사태가 없었는데 우리가 여행할 때 정전 사태가 발생해서 아마 복권을 사야 하겠다고 가이드가 농담을 하였습니다. 야시장을 둘러보는 중에도 정전이 되어 시장 상인들이 가게 운영을 하기에 어려움이 있었습니다. 야시장에서는 줄을 나래비로 서서 화덕만두를 3개 샀습니다. 남편이 줄 서서 기다리는 동안 딸과 난 시장 여기저기를 둘러보았습니다. 곧 한식을 먹어야 하기에 화덕만두를 아껴 두었다가 밤에 먹었는데 배도 부른 상태였고 양도 많아 절반만 먹고 냉장고에 보관하다가 결국 다음 날 쓰레기통으로 직행했습니다.

― 101타워

101타워는 대만의 대표적인 상징이며 야경이 빼어난 곳입니다. 티켓 파는 5층에서 89층까지 37초 만에 올라갔습니다. 내려올 때는 46초가 걸렸습니다. 세계에서 두 번째로 빠른 엘리베이터라고 합니다. 얼마 전까지만 해도 세계에서 제일 빠른 승강기였는데 두바이에서 더 빠른 엘리베이터를 내놓았다고 합니다.

환상적인 야경을 배경으로 사진도 찍고 88층에서 수백 톤을 올려놓아 지진이 와도 끄떡없다는 대형 물건 앞에서 기념촬영도 하였습니다. 아침부터 일정을 소화하다 보니 아주 많은 곳을 방문할 수 있었으며 지혜로운 가이드가 각 팀을 나누어서 조장을 만들어 주니 책임감 있게 서로 챙기고 식사도 조별로 같이 하면서 많이 친해질 수 있었습니다.

― 화련(칠성담 해변, 태로각협곡, 장춘사, 청수단애)

둘째 날은 기차를 타고 화련을 다녀왔습니다. 기차여행이라 버스

여행보다 더 운치가 있고 가는 길에 바다도 볼 수 있어서 좋았습니다. 먼저 '칠성담'을 들렀습니다. 태평양 맑은 물이 너무 좋아 발을 풍덩 담그고 놀았습니다. 밀려온 파도에 바지가 거의 젖었지만 재미있었고 돌들이 반들반들하니 정말 예뻤습니다.

다음으로 태로각협곡, 장춘사 등. 아시아의 그랜드캐니언이라 일컫는 곳이라는 지역을 둘러보았습니다. 생각보다는 그리 웅장하지는 않았습니다. 마치 우리나라 설악산에 온 것 같은 느낌이었습니다. 그래도 지진도 잘 일어나는 곳이라 다이너마이트도 쓸 수 없는 상황에서 오직 인간의 힘으로 동굴을 파고 길을 만든 것은 인정해 주어야겠다고 생각했습니다. 이 공사에는 죄수들과 군인들 원주민들이 동원되었는데 죄수 중에는 공사하다가 죽어 나가도 이름조차 알 수 없는 경우도 있었다고 합니다. 죽은 영혼들을 위로하기 위해 장춘사도 지었고 자모교도 지었다고 합니다. 자모교 앞에 팔각정을 지었는데 팔각정 밑을 받치고 있는 것은 두꺼비상이라 아들을 상징한다고 합니다.

특별히 가이드가 좋아하는 장소인 '청수단애'라는 곳도 다녀왔습니다. 일정에 없는 곳이었는데 마침 시간적인 여유가 생겨 다녀올 수 있었죠. 절벽과 바다가 참 예뻤습니다.

― 타이베이 근교(지우펀, 야류해상공원, 단수이)
셋째 날은 타이베이를 중심으로 근교를 다녀왔습니다. 먼저 애니메

이선 〈센과 치히로의 행방불명〉의 모티브가 되었던 지우펀을 방문했습니다. 홍등이 아름답고 찻집도 아름다웠지만 너무도 비좁은 거리에 넘쳐 나는 인파에 야릇한 냄새에 찜질방 같은 날씨까지 가히 '지옥펀'이라 할 만했습니다. 그래도 찻집을 배경으로 찍은 사진은 멋있었습니다. 가이드가 우리 팀은 얼마나 운이 좋은지 지우펀에 오면 대부분 비가 와서 사진 찍기도 불편한데 비 한 방울도 오지 않으니 또 복권을 사야 하지 않겠냐고 했습니다.

가는 길에 산에 있는 공동묘지를 보았는데 여기는 특이하게도 모두 집을 지어 주었습니다. 마치 소인들이 사는 집 같았고 산 자처럼 죽은 자에게도 똑같이 집을 지어 주는 문화가 있다는 것을 알게 되었습니다. 또한 이 나라도 우리처럼 벌초도 한다고 했습니다.

지우펀에서는 망고젤리를 사서 버스에 실었고 유명한 땅콩아이스크림을 먹었습니다. 시원하고 고소하고 맛있었는데 딸은 속이 별로 좋지 않아서 몇 입 먹지 못했습니다. 상점들을 둘러보며 딸아이는 파우치 하나를 샀고 남편은 손지압 하는 것을 샀으며 저는 지우펀을 상징하는 찻집이 있는 자석을 구매했습니다.

두 번째로 간 곳은 '야류해상공원'으로 여러 가지 모양의 돌들과 기념촬영을 했습니다. 공주 머리 모양에서는 우리 가족 모두 사진을 찍었지만 아쉽게도 여왕 머리 모양에서는 시간이 촉박한 관계로 사진을 촬영하지는 못했습니다. 다만 조금 멀리 두고 촬영은 했습니다. 그래도 바다를 배경으로 여러 컷을 찍었고 딸이 우리 부부 보고 바다를 바라보고 있으라고 하면서 뒷모습을 찍어 주었는데 프로필 사진을 하라고 했습니다.

세 번째로 영화 〈말할 수 없는 비밀〉을 촬영한 '단수이'로 갔습니다. 멋진 일몰을 감상할 수 있다는 가이드의 말을 듣고 갔지만 이미 해는 넘어가서 어둠이 깔려 있었습니다. 해가 그만큼 짧아져 있었던 것입니다. 그래도 대왕오징어도 사 먹고 사탕수수액도 사 먹으며 즐겁게 산책을 하였습니다. 대왕오징어는 정말 맛있었는데 소스를 조금만 뿌렸으면 더 좋았으리란 생각을 했습니다. 소금을 너무 많이 뿌려서 약간 짠맛이 있었기 때문입니다.

조금 아쉬운 점은 대왕카스테라를 사 먹지 못했다는 것입니다. 우리가 너무 늦게 왔는지 이미 가게 문을 닫은 상점들도 있었고 우리 팀끼리 나누어 먹으려고 우리가 대왕오징어를 사서 기다리고 다른 모녀가 대왕카스테라를 사서 같이 나눠 먹으려고 상점들을 여기저기 다녔는데 결국 대왕카스테라를 사질 못했습니다.

* * *

돌아오는 길에 발 마사지를 받고 모든 피로를 날려 보냈습니다. 새벽부터 빡빡한 일정을 강행군으로 하다 보니 딸은 투덜거렸습니다. 피곤하다고 많이 피곤하다고. 그래도 패키지를 몇 번 다녀와서인지 남편과 저는 견딜 만했고 평상시에 걷는 습관이 되어서 괜찮았습니다.

평수이(파인애플 케이크)와 녹두 케이크, 건망고 등을 평수이로 유명한 제과점 본점에서 구매하여 맛있게 먹고 있습니다. 먹을 것을 사 온 경우는 태국 가서 건망고랑 코코넛 말린 것 사 왔을 때뿐이었는데 먹을 것이 있으니 확실히 좋습니다. 대만 상점들은 미국 달러도 받지 않고 물론 한국 돈도 받지 않으며 카드도 받지 않아서 대만 화폐로만 결제하려니 조금 불편한 점이 있었습니다. 덕분에 혹시 모자랄까 봐 호텔에서 50달러를 대만 화폐로 더 환전해야만 했습니다.

음식은 대부분 먹을 만했습니다. 다만 조금 예민한 딸아이는 그리 맛있게 먹지를 못했습니다. 기대했던 몽골리안 바비큐와 샤부샤부는 생각보다는 별로였습니다. 역시 한국인은 한국에서 먹는 음식이 최고인 것 같습니다. 우리나라 채선당이 훨씬 훨씬 더 맛있습니다. 소스도 맛있고 고기도 맛있고 대만의 샤부샤부는 고기가 정말 맛이 없습니다. 중국 북경에서 먹은 샤부샤부는 정말 맛있었습니다. 그때 일인용 샤부샤부를 해 먹었는데 알코올램프같이 생긴 불 위에 용기를 올려놓고 내 맘대로 먹고 싶은 대로 채소나 고기를 넣고 먹었습니다. 지금도 잊히지 않습니다.

외국에 나가면 다 애국자가 된다고 생각합니다. 우리 딸아이도 거리마다 상점마다 울려 퍼지는 K-pop에 화들짝 놀랐습니다. 가는 곳마다 한국의 아이돌 가수들의 노래가 들렸습니다. 물론 저는 잘 알지 못하고 딸아이가 말해서 알게 되었지만 말입니다. 한국의 서울역이라 할 수 있는 타이베이역 대형 화면에는 한국에서 방영되는 드라마가 나오고 있었습니다. 딸아이가 이렇게 K-pop이 대단한지 처음 알게 되었다고 했습니다.

외국에 나가 보면 우리나라가 얼마나 선진국인가 깨닫게 됩니다. 우선 화장실 문화라든지 공항도 정말 끝내준다고 생각합니다. 특별히 인상에 남는 것은 예쁜 가이드가 친절도 하고 설명도 무지 잘해 주고 인솔도 거뜬하게 해 주어 즐거운 여행이 되었던 점입니다.

✻ 또다시 이별 2017.9.28.

하늘이 눈부시게 푸르른 날에 바람 선선한 아름다운 가을날에 또다시 이별의 소식이 들려왔습니다. 예전 교회에서 함께 사랑을 나누었던 집사님, 아니 지금은 권사님이라 하더군요. 권사님과 이 땅에서는 영영 이별이라고 합니다.

그동안 병마와 싸우시느라 많은 고생도 하셨지만 꿋꿋하게 잘 견뎌 내셨습니다. 가끔 카톡으로 인사도 주고받고 아이들 얘기도 하고 언제 한번 우리 사무실에 놀러 오시라고 했는데요. 이제는 그 고운 얼굴 예쁜 미소를 다시는 볼 수 없는 겁니다. 이 땅에서는.

고통 없는 곳에서 아름다운 찬양만 하시고 계세요. 다시 만날 때까지요. 가족분들을 위해 기도할게요. 장로님께서 많이 상심하시겠어요. 권사님을 알게 되어 감사했어요. 구수한 사투리 이젠 다시 들을 수 없네요. 속초에서 수영복 입고 야외 수영장에서 놀던 기억과 찬양대 수련회에서 많은 얘기를 했던 기억들. 이젠 추억으로만 남았어요.

잘 가셔요. 사랑하는 권사님,
또 만나요. 우리 더욱더 아름다운 모습으로.

2018년 4월 29일(일)~5월 3일(목) 3박 5일간 베트남여행을 다녀왔습니다. 결혼 30주년을 맞아 남편은 우리가 처음 신혼여행을 다녀왔던 제주도로 가자고 했지만 제주도는 몇 번 다녀왔고 가성비가 해외여행이 더 좋다고 생각되어 사무실이 한가한 날짜를 골라서 예약을 했습니다.

＊ ＊ ＊

― 하노이

하노이 현지 시각으로 2018년 4월 30일 새벽 1시쯤 노이바이 국제공항에 도착해서 일행들과 함께 버스로 이동해 호텔에서 여장을 풀었습니다. 날씨는 습기를 머금은 약한 더위가 느껴졌습니다.

― 옌뜨

하노이에서 하롱베이로 이동하는 도중 옌뜨 국립공원인 다방사원에 들렀습니다. 사원이 자연과 잘 어우러져 웅장하고 예뻤습니다. 베트남 사람들은 옌뜨 사원에 와서 기도하는 것이 큰 믿음을 나타낸다고 생각한답니다. 귤나무를 심어서 귤이 주렁주렁 달려 있었는데 귤은 '다산'과 '금'을 상징한다고 합니다.

― 하롱베이

베트남에서 가장 아름답고 큰 국립공원이며, 유네스코 세계 자연유산에 등록되었다고 합니다. 중국과 국경을 접하고 있으며 약 3,400개의 섬으로 이루어져 있습니다. 특이한 것은 섬들이 바다를 막고 있어서 바다가 민물처럼 고요하고 파도가 전혀 없는 것입니다.

우리 팀은 모두 성인 열아홉 명으로 구성되어 있었는데 대부분 가족끼리 여행을 온 분들이었습니다. 우리 팀 전용 유람선을 타고 본격적으로 하롱베이 관광에 나섰습니다. 불과 몇 년 전만 해도 선착장도 없었는데 지금은 선착장도 있고 질서 있게 잘 관리가 된다고 합니다. 과연 장관이었습니다. 베트남이 프랑스에 지배받았던 아픈 역사도 배우고 하늘이 주신 아름다움에 감사하며 경의를 표했습니다. 우리나라 금강산, 중국의 계림과 더불어 동양 3대 절경으로 뽑힌다고 합니다.

키스바위는 바라보는 각도에 따라 다르게 보이는데 처음에 볼 때는 입술을 내밀고 있는 모습이었는데 이동해서 보니 정말 키스를 하고 있는 모습이라 신기했습니다. 이곳에서는 유람선들이 각자 손님들에게 사진을 찍게 하려고 자리싸움이 대단했습니다. 배들이 여러 채 모여서 이리저리 빙빙 돌았습니다.

영화 〈007 네버 다이〉에서 나온 항루원도 스피드 보트를 타고 가 보았습니다. 모터보트 기사가 이리저리 배를 기울게 하고 속도도 내어 바다를 가르며 시원하게 즐겼습니다.

몇억 년 된 석회동굴은 기이하고도 아름다웠습니다. 여러 가지 신기한 형상들을 만들어 내고 있었는데 마치 남자 성기 모양같이 생긴 것도 있었고 원숭이, 양, 성모마리아상, 하트 모양, 거북이 모양 등 다양하게 있었습니다. 거북이는 머리를 만지며 기도를 하면 소원이 이루어진다고 해 머리 모양이 반들반들했는데 우리 팀 모두 다 머리를 쓰다듬으며 각자의 소원을 빌어 보기도 했습니다.

팁톱섬은 프랑스 식민지 시대에 프랑스인들을 위해 모래를 인력으로 퍼 나르게 해 만들어진 조그마한 모래 해변이었습니다. 사람들은 여기서 해수욕을 즐기고 있었습니다.

섬을 가로지르는 멋진 케이블카도 타고 관람차도 탔습니다. 케이블카는 일본 사람들에 의해서 만들어졌다고 합니다. 일본인들은 노이바이 공항도 건축해 주었는데 그들은 반대급부로 게르마늄 채굴권을 가지고 갔다고 합니다.

유람선 선상에서 먹는 해산물은 별미였습니다. 음식이 그리 화려하지는 않았지만 유람선 승무원들과 가이드가 직접 서빙을 해 주었습니다. 생선회, 도미 튀김, 새우, 게, 오뎅, 만두, 주꾸미, 생선찜, 뻘가재, 밥, 시금치 나물, 두부 김치, 오징어 튀김, 해물탕 등 모든 음식이 맛있었습니다. 그중에서도 뻘가재가 짭조름하니 가장 맛났습니다.

베트남은 남성들은 별로 일을 하지 않고 여성들이 억세게 육아와 경제활동을 주로 한다고 합니다. 유람선에서도 여성들이 진주목걸이, 팔찌, 향나무로 만든 여러 가지 물품들을 팔았습니다. 그중 한 명은 사진을 찍어 현상해서 작은 사진첩에 넣어 한 장당 1달러에 팔기도 했습니다. 우리도 사진 신청을 했더니 멋진 배경에서 포즈를 어떻게 잡으라고 구체적으로 지시하며 사진을 찍어 주었습니다. 마치 신혼여행 때처럼 말입니다.

하롱베이에서 묵은 곳은 이름은 라파드호텔이라고 하는데 빌라였습니다. 우리 부부도 마치 개인 주택처럼 생긴 집에서 이틀을 묵었는데 하롱베이 바다가 내려다보이는 멋진 집이었습니다.

― 다시 하노이(시내, 바딘광장, 호치민 생가, 한기동 사원, 야간 시티투어)
여행 마지막 날 하롱베이에서 다시 하노이로 이동했습니다. 그동안은 날씨가 무지 좋아서 여행하기에 적합했는데 이동 중에 비가 억수로 내렸습니다. 고속도로 갓길은 오토바이 전용도로여서 오토바이를 탄 주민들이 많이 달리고 있었는데 비가 오니까 오토바이 전용비옷을 입고 타더니 쏟아부을 때는 다리 밑에서 비 그치기를 기다리는 무리의 사람들을 볼 수 있었습니다.

비가 오는 중에 카트를 타고 시내투어를 했습니다. 비가 오니 카트 옆에 있는 모기장 같은 것으로 비를 막았습니다. 그럼에도 비는 안으로 튕겨 들어왔는데 튀는 비를 맞으며 하는 여행도 묘미가 있었습니다.

바딘광장은 호치민이 독립을 선언한 곳이라고 합니다. 호치민영묘가 있습니다.

호치민 생가에도 다녀왔는데 검소했던 호치민을 간접적으로 만날 수 있었습니다. 주석궁으로 쓰던 곳은 원래는 프랑스 식민지 시절에 프랑스가 건축한 것으로 지금은 외국 국빈들을 위한 영빈관으로 사용한다고 합니다. 우리나라 대통령들도 다녀가셨다고 했습니다. 당시에 프랑스 잔재라 부수고 새로 건축하자고 했으나 호치민이 그 돈으로 학교를 지으라고 했다고 합니다.

한기둥 사원은 기둥 하나 위에 세워진 사원인데 국보 1호라고 합니다. 한기둥 사원은 베트남 사람들을 하나로 뭉치게 하는 힘이 있어서 프랑스 사람들은 그것을 막기 위해 불을 질러 태워 버렸다고 합니다. 지금 현재 있는 것은 다시 원래 그대로를 재건축한 것이라고 합니다. 이곳에서 기도를 하면 자녀를 잉태할 수 있다고 해서 베트남 사람들이 소원을 빌러 많이 온다고 했습니다.

저녁을 거하게 먹고 호안 끼엠 호수 주위를 도는 야간 시티투어를 했습니다. 호수가 크고 아름다웠습니다. 카트를 타고 몇 팀으로 나누어서 했는데 아름다운 야경과 수많은 오토바이 행렬들을 바로 눈앞에서 볼 수 있었습니다. 오토바이가 서로 먼저 가겠다고 빵빵거리고 여기저기에서 끼어들고 정신이 하나도 없었지만 우리 팀은 많이 친해져서 깔깔거리며 그 모습들을 구경했습니다. 시원한 밤공기를 가르며 베트남 사람들의 일상을 좀 더 가까이 볼 수 있었습니다.

* * *

베트남은 약 일억 명의 인구가 있는데 그중에서 70%가 30대 이하 젊은이라고 합니다. 그래서인지 어디를 가도 모두 다 젊은이 투성이었습니다. 할머니 할아버지들은 거의 찾아볼 수 없었습니다. 특히 오랜 전쟁 때문에 할아버지들이 별로 없다고 했습니다.

분짜 정식은 마치 샤부샤부같이 먹는데 끓이면서 먹는 것이 아니라 따뜻한 국물에 구운 소고기와 채소, 국수를 넣어서 먹는 것이었고 맛있었습니다.

이번에는 전신 마사지가 무료로 포함되어 있어서 두 번이나 마사지를 받았습니다. 중국, 대만, 태국 등에서도 마사지를 받아 보았지만 건장한 남성들이 해 주는 마사지는 아프면서도 시원했습니다. 이틀을 연달아 마사지를 받아서인지 두 번째 받은 날에는 자면서 조금 아프기도 했습니다.

베트남에서는 국가적으로 '노니'를 상품화해서 판다고 합니다. 많은 꽃이 피어도 오직 열매 하나만 맺힌다는 노니. 뿌리는 오직 베트남에서만 판매하는데 고엽제 환자들의 치료제로 사용한다고 합니다. 처음 접한 것인데 화학약품이 아니고 천연 건강보조식품으로 좋다는 생각을 했습니다.

젊음의 나라 베트남. 제부가 주재원으로 일을 해서 가끔 커피와 쥐포, 한치포 등을 선물로 주기도 했는데 제부가 한국으로 귀국하고 나서야 여행을 하게 되었습니다. 중국, 홍콩, 마카오 때 처음으로 남편과 둘이서 여행을 했고 이번에도 둘이서만 여행을 했습니다. 좋은 분들과 함께 여행을 했고 특별히 좋아하는 망고도 먹고 망고스틴이라는 과일이 얼마나 맛있는 과일인지도 알게 되어 기쁜 여행이었습니다.

남편과 아침 산보를 다녀왔습니다. 여러 가지 바쁘다는 핑계로 아침 운동을 안 한 지가 꽤 오래되었습니다. 달콤한 아침잠을 포기 못하고, 밤늦게 잠들다 보니 기상 시간 또한 늦어지는 것이 당연하기도 합니다.

남편이 실직을 했습니다. 5월 31일 자로 4년간 다니던 직장을 그만 두었죠. 금전적으로 그렇게 많이 도움이 되었던 것은 아니지만 남편이 좋아했고 만나는 사람들도 모두 대학 교수님들이라 배우는 부분도 많고 수준도 맞았습니다. 학회 사무국장 일을 했는데 여러모로 남편과 찰떡궁합이었습니다. 이 일로 인해 대학원도 다녔고 이제 논문통과만 앞두고 있었습니다.

요즘 남편은 전업주부가 되어 있습니다. 물론 말이 그렇다는 것입니다. 의기소침하기도 한 듯합니다. 평소처럼 말해도 자기가 직장이 없어서 구박을 당한다고 생각하는 듯도 합니다. 처음엔 날마다 도서관 간다고 하더니 집에만 있습니다. 나가면 점심값에 차비 드니 본인이 스스로 선택을 한 것입니다. 클라리넷 레슨도 다니고 사무실에 와서 청소도 해 주고 사무실 바깥에 난 잡초도 뽑아 주기도 합니다. 퇴근 시에는 와서 짐도 함께 들어 주고 퇴근을 같이 하기도 합니다. 남편이 조금이라도 바깥 공기를 쐬고 운동 시간이 필요하다는 생각이 들어 아침 운동을 제안했습니다.

　나이가 들어서인지 그렇게 잠이 많던 남편이 달라졌습니다. 잠자는 시간도 줄어들었고 직장 그만두기 전부터 새벽예배를 나가더니 꾸준히 다닙니다. 전에는 서연이 학교 보내고 나서 둘이서 아침 운동을 다녀왔습니다. 그때는 잠자는 남편을 강권해서 함께 갔는데 지금은 남편이 먼저 깨어 있습니다.

　오늘까지 세 번 아침 산보를 다녀왔는데 참으로 좋습니다. 새들의 지저귐도 좋고 신선한 공기, 풀꽃들, 나무들, 무엇보다 남편과 함께라 좋습니다. 남편은 산에 가서 먹는다고 방울토마토와 물을 준비합니다. 벤치에 앉아 함께 먹는 방울토마토는 꿀맛입니다. 오늘은 산딸기를 많이 따 먹었습니다. 아직 파랗게 익지 않은 것들도 있지만 완전히 익어서 거의 땅에 떨어질 정도의 딸기들도 많았습니다. 빨갛게 잘 익은 딸기만 골라서 입에 넣으면 사르르 녹습니다. 남편에게 한 움큼 따서 주면 한입에 넣으며 정말 맛있다고 합니다.

　운동기구가 있어서 더욱 좋습니다. 헬스장을 가지 않더라도 조금만 부지런하면 운동을 충분히 할 수 있는데 그동안 많이 게을렀다는 생각이 듭니다. 이제 다시 시작했으니 날마다 가려고 합니다. 어제는 아침에 비가 와서 못 갔습니다. 오늘도 조금 늦게 일어나서 망설였지만 과감히 털고 일어나 다녀왔습니다. 아침에 한 시간만 더 일찍 일어나도 충분히 가능한 일입니다. 몸도 마음도 훨씬 가벼워진 듯합니다.

✳ 매미들의 합창

요즘 거의 매일 남편과 아침 산책을 다녀옵니다. 오늘은 바람도 조금 불고 구름도 약간 끼어 있어서 다른 날보다 시원했습니다.

며칠 전부터 노래하는 매미들이 하나둘 있더니 이제는 여럿이 모여 파트별로 나누어 합창을 합니다. 오랜 인고의 세월을 넘어 드디어 비상한 매미들의 노랫소리를 들으면 참으로 인생에 대해 생각해 보는 시간이 됩니다. 땅 밑에서 굼벵이로 7년 이상을 견디고 땅 위로 나와도 불과 30일을 넘기기 힘든 운명을 갖고 태어난 매미들은 짝을 찾아 종족을 보존하기 위한 본능으로 끊임없이 노래를 합니다. 남편은 매미 소리가 바이올린 소리보다 더 멋지다고 합니다.

나무에는 허물을 벗은 매미들의 흔적들도 보입니다. 나무색깔과 거의 유사한 색을 지닌 매미들은 금방 눈에 띄지 않습니다. 소리는 가까이 들려도 찾기가 쉽지는 않습니다. 운 좋게도 내려오는 길에 몇 마리의 매미들을 발견했습니다. 나무에서 조금씩 내려오며 배를 볼록거리며 소리를 냅니다. 남편은 그 모습을 사진에 남겼습니다. 매미가 놀라 날아갈까 봐 조용조용 찍었습니다.

지금은 일 년 중 가장 더운 복중입니다. 여름방학이 되면 늘 매미들의 합창이 생각납니다. 매미들이 좋은 배필들을 만나 자손들을 널리 퍼뜨리고 본연의 임무를 완성하기를 바랍니다.

하루살이는 일생이 하루이고 매미는 길어야 한 달이지요. 우리네 인생도 길어야 백 년 세월인데 하나님 보시기에는 찰나일 겁니다. 명예를 지키려고 본인 스스로 생을 마감한 정치인 이야기로 떠들썩합니다. 잘못된 선택으로 인해 자살까지 이른 것은 안타깝습니다. 하나님이 선택하신 때에 가야 하는데 말입니다. 마지막 때에 정말 잘 살았다고 말할 수 있으면 좋겠습니다.

✳ 벌초를 다녀와서 2018.9.18.

　지난 9월 15일(토)부터 1박 2일간 충청북도 단양에 벌초를 다녀왔습니다. 아버지 엄마 산소에도 인사하고 반가운 가족들을 많이 만났습니다.

　아침 9시까지 모이라는 회상님의 말씀에 따라 새벽부터 서둘렀습니다. 이른 새벽 4시부터 일어나서 준비하니 5시에는 출발할 수 있었습니다. 서울역에서 5시 56분 무궁화호를 타고 수원역에 내리니 6시 30분쯤 되었습니다. 막내가 차를 가지고 와 기다리고 있어서 우리 부부는 합류해서 바로 출발할 수 있었습니다.

　오랜만에 막내와 둘이서만 이런저런 흘러간 이야기들을 나누었습니다. 어렸을 때 이야기, 엄마, 아버지 이야기 등을 나누다 보니 지루할 틈이 없었습니다. '안성맞춤휴게소'에서 우동 한 그릇씩을 먹었습니다. 역시 휴게소 우동은 항상 정답입니다.

　막히는 구간을 피하기 위해 국도로 가다가 고속도로로 얹었더니 다행히 막힘없이 갈 수 있었습니다. 산소에 도착하니 이미 몇몇 분들이 와 있었습니다. 반갑게 인사를 나눈 뒤 목장갑을 끼고 산소 주위의 잡풀들을 조금 제거하였습니다. 이번에는 여기 계신 이웃 분들이 벌초를 미리 해 놓아 할 일들이 없어서 무척 좋았습니다. 선산 옆의 땅들을 사용하는 대가로 벌초를 해 주신 것입니다.

각자 준비해 온 음식들을 차려 놓고 예의를 표한 후에 도란도란 둘러앉아 음식들을 나누었습니다. 메밀부침개는 언제나 맛있습니다. 마치 엄마표 부침개 같습니다. 명절 때면 늘 엄마가 손수 만들어 주시던 음식 중 하나였습니다. 녹두부침개 만드는 방법을 배우지 못한 것이 많이 후회가 됩니다. 엄마 녹두부침개는 그야말로 최고입니다. 예전에 집들이할 때 엄마가 미리 준비해 주시면 프라이팬에 부치기만 하면 되었습니다. 모든 사람이 너무 맛있다고들 했습니다.

이번에 벌초 모임에는 6촌 동생인 선미가 예비 남편을 데리고 와서 인사를 시켰습니다. 젊은 예비부부가 예뻤습니다. 고종사촌들도 참여해 주어서 훨씬 더 풍성한 모임이 되었습니다. 고종사촌 여동생 둘도 오랜만에 만났습니다. 예전에는 우리 집에서 같이 살기도 해서 친근하기도 합니다. 세월의 무게가 동생들의 모습에서도 느껴졌습니다. 포항 사촌오빠 아들 충열이가 아들들을 데리고 와서 함께하니 아이들 때문에 더욱 웃음꽃이 피었습니다. 귀엽고 잘생긴 아기를 안으면서 "내가 할머다." 하면서 깔깔 웃었습니다. 예전 같으면 벌써 할머니가 되고도 남을 나이에 온 것입니다. 아니 옆집 동생은 나보다 두 살이나 어린데 진즉 할머니가 되었으니 할머니가 맞긴 맞겠지요.

고모님 가족들과 일정이 있는 사람들은 산소에서 아쉬운 작별을 하고 나머지 인원들은 숙소로 가기 전에 사촌 형부 태양광사업을 하시는 사업장을 둘러보았습니다. 여기서 남편과 함께 뽕잎을 쌈 싸먹으려고 한 움큼 땄습니다.

단양보건소에 모두 주차를 하고 남한강 둘레길을 담소를 나누며 함께 걸었습니다. 몸도 마음도 튼튼해진 것 같았습니다. 산과 강이 어우러진 풍경은 참으로 아름다웠습니다. 나무로 바닥을 모두 깔아 놓아 걷는 데 불편함이 없어서 좋았습니다.

숙소인 대명콘도에 도착하여 여장을 풀고 모두 사우나를 했습니다. 오랜만에 뜨끈한 물에 온몸을 담그니 여독이 풀리는 것 같습니다. 아로니아탕과 홍삼탕이 있어서 피부에 아주 좋겠다는 생각을 했습니다. 저녁은 제육 덮밥으로 맛나게 먹고 야외 정자에 모두 모여 포항 오빠네가 준비해 온 전어회, 광어회 등을 나누어 먹으며 이야기꽃을 피웠습니다. 다음 날 아침을 먹고 모임을 파했습니다. 막내가 전날 일이 있어서 미리 가는 바람에 우리는 불가분 대중교통을 이용할 수밖에 없었습니다. 포항 오빠가 단양터미널에 우리를 데려다주어 남편과 둘만의 시간이 되었습니다.

이른 시간이라 뭐 할 것이 있나 주위를 둘러보니 마침 바로 옆에 '다누리센터'에 아쿠아리움과 4D체험관이 있었습니다. 우리는 아쿠아리움을 둘러보기로 했습니다. 규모가 그리 크진 않았지만 다양한 물고기들을 많이 만날 수 있었습니다. 입구에 철갑상어들이 수족관을 유유히 헤엄치고 있었습니다. 그 유명한 고가의 철갑상어알 요리가 생각났습니다. 큰 상어들이 아니라 아주 귀엽고 작은 예쁜 상어들이 있었습니다. 남편은 물고기들의 아래쪽 배를 이렇게 자세히 보기는 처음이라고 합니다.

조금 작은 수족관에 길이가 무려 1.6m 되는 메기가 움직이지도 않고 가만히 누워 있었습니다. 나무기둥처럼 생겨서 그냥 지나칠 뻔했는데 옆에 설명해 주시는 분께서 알려 주셔서 볼 수 있었습니다. 큰 덩치에 비해 수족관이 너무도 작아서 큰 곳에 있어야 되지 않겠냐고 했더니 설명해 주시는 분 말씀이 큰 수족관에 넣으니 다른 물고기들을 다 잡아먹어서 하는 수 없이 여기에다 넣었다고 하셨습니다.

다양한 물고기들과 양서류들을 보고 수달체험관에도 갔는데 마침 수달들이 새끼를 낳아 산후조리 중이라고 해서 아쉽게 볼 수는 없었습니다.

2년 동안은 남편이 대학원을 토요일마다 다녔었고 저도 계속 일이 바빠서 사초, 벌초 모임에 참석을 하지 못했습니다. 오랜만에 콧바람도 쐬고 형제자매들도 만나고 고모, 고모부, 당숙모도 뵙고 좋은 시간이었습니다.

✻ 일본 북큐슈지방을 다녀와서   2018.9.29~10.1.

지난 9월 29일(토)~10월 1일(월) 2박 3일간 남편, 딸과 함께 일본 북큐슈지방을 다녀왔습니다. 태풍 짜미가 일본으로 온다는 예보를 듣고 불안한 마음을 안고 인천공항으로 출발했습니다. 비행기는 일정대로 떴고 1시간 10분 후 일본 사가공항에 도착했습니다. 공항이 아주 작고 논밭에 덩그러니 있어서 잉증맞았습니다.

우리 일행은 모두 21명과 가이드로 구성되어 있었습니다. 원래는 23명이 예약되어 있었는데 태풍으로 인해 2명이 취소를 해서 함께하지 못했습니다. 날씨는 예상보다 쌀쌀했습니다. 이동할 때는 45인승 리무진 버스를 이용하여 널널했습니다.

사가에서 토스에 도착하여 토스에 있는 '프레스포 토스'라는 쇼핑몰에서 저녁을 먹었습니다. 가이드의 추천으로 우리 일행은 모두 줄서서 회전초밥집에서 식사를 하였는데 가격도 저렴하고 맛도 있었습니다. 사실 회전초밥은 구경만 하고 처음 먹어 보았습니다. 컨베이어 벨트에 자동으로 이동하는 여러 종류의 초밥 중에서 골라 먹는 재미도 쏠쏠했고 무엇보다 주문을 따로 하면 따뜻한 초밥이 도착하여 즐길 수 있어서 좋았습니다. 다 먹은 접시는 식탁 옆 투입구에 바로 투입을 하고 주문은 모니터로 하는데 한글 서비스가 되어서 더욱 편리하고 좋았습니다.

식사 후 서연이는 필기구를 구입했고 남편도 샤프 몇 개를 샀습니다. 볼펜 리필용품도 샀는데 가격이 저렴하다고 딸이 좋아했습니다. 첫날 묵은 호텔은 비안토스호텔이었습니다. 사실 일본이 집이 작다는 얘기는 많이 들었지만 호텔 트윈룸이 이렇게 작은 데는 처음 보았습니다. 가방을 놓으니 자리가 없을 정도였습니다. 침대도 역시 작았습니다. 3명이 함께는 안 된다 하여 딸 객실은 추가비용 팔만 원을 내고 싱글룸을 주었는데 차라리 딸 방이 더블침대로 되어 있어서 낫다는 생각을 했습니다.

이튿날 태풍이 와서 일정을 어떻게 해야 할지 가이드가 고민이 많았습니다. 일단은 일정대로 진행하자고 해서 히타로 이동했습니다.

* * *

— 마메다마치

마메다마치는 예전 에도 시대에 중앙에서 직접 통치를 하여 귀족들이 모여 살던 동네라고 합니다. 일본 전통 건축 양식이 그대로 보존되어 있어서 예뻤습니다. 태풍으로 인해 대부분의 가게가 문을 닫았고 몇 개의 가게만 문을 열었습니다. 예쁜 물건들을 구경도 하고 남편은 여기서 손수건을 사고 저는 작은 남자인형과 여자인형을 구입했습니다. 이 인형들은 일본 여자아이들 축복해 주는 의식에 쓰인다고 했습니다. 마치 우리나라 북촌 한옥마을 같았고 태풍으로 인해 사람들이 없으니 한적하고 조용해 산책하기에는 그만이었습니다.

— 지온노타키 2단 폭포

지온노타키 2단 폭포는 동네 사람들의 친구였던 이무기가 병이 들었는데 마을을 방문했던 스님이 병을 고쳐 주어 용으로 승천했다는 폭포입니다. 비도 오고 하니 물줄기가 더욱 거세고 시원했습니다.

태풍 때문에 거의 모든 온천과 가게들이 문을 닫아서 일정을 어떻게 소화해야 할지 가이드가 고민이 깊었습니다. 가마토 지옥 온천을 체험하려고 했지만 문을 연 곳이 없어서 불가분 포기할 수밖에 없었습니다.

태풍을 뚫고 우리는 유후인으로 이동했습니다. 고속도로까지 통제되어서 우리는 국도로 이동을 했는데 덕분에 더 아름다운 경치를 구경할 수 있었습니다. 의지의 한국인들은 태풍도 두려워하지 않고 움직인다고 생각도 했지만 한편으로는 무모하다는 생각도 들었습니다. 거리에는 우리 차가 유일해서 가이드도 겁이 난다고 했습니다.

— 긴린코 호수

호수 밑에서 온천수가 뿜어 나와 식으면서 생기는 수면에 김이 모락모락 피어나는 환상적인 모습을 볼 수 있다고 했는데 그 모습은 온데간데없고 황량하기가 그지없었습니다. 비바람이 온통 아름다운 호수를 유린하고 있었습니다. 좋은 날씨에는 아름답고 고요해 데이트하기에 그만일 텐데 우리는 호수에 잠시도 머무를 수가 없었습니다. 거센 비바람에 바닥에는 물이 콸콸 흐르고 우산을 썼는데도 옷이 다 젖어서 남편은 여기에서 비옷을 구입했습니다.

— 유후인 민예촌 거리

예쁜 가게들과 크고 작은 미술관과 갤러리들이 있다고 했는데 태풍이 너무 심해서 움직일 수조차 없었습니다. 운동화도 다 젖고 옷도 다 젖어서 축축하고 기분이 상쾌하지는 않았지만 우비를 입고 태풍에 돌아다니는 재미도 있었습니다.

점심식사로는 도반야키라고 채소와 고기를 찐 요리를 먹었습니다. 샤부샤부와 약간 비슷한 것 같은데 제 입맛에는 샤부샤부가 훨씬 맛있다고 생각했습니다.

— 산수관 온천

대부분 온천이 문을 닫았지만 가이드가 백방으로 알아보아 마침 문을 닫지 않은 산수관 온천에서 온천욕을 즐겼습니다. 태풍에 젖은 심신의 피곤함을 온천에서 다 날려 버릴 수 있었습니다. 시골 온천이라 시설은 그리 좋지는 않았지만 따뜻한 물에 온몸을 담그고 있으니 신선이 부럽지 않았습니다. 특별히 야외 온천을 즐길 수 있어서 더욱 그만이었습니다. 비바람을 맞으며 하는 온천도 묘미가 있었습니다. 얼굴만 빼꼼히 내놓고 몸을 담그고 있으니 시원하기도 하고 뜨끈하기도 했습니다.

혹시나 하여 벳부로 이동해서 가마토 지옥 온천과 유노하나 유황 재배지를 갔는데 모두 문을 닫아서 옆으로 지나만 갈 수밖에 없었습니다. 여기저기 수증기가 뿜어 나오는 모습을 구경할 수는 있었습니다. 일정이 취소되어 저녁 먹을 때까지의 시간이 너무 많이 남아 있었습니다. 태풍 때문에 실내에서 움직이는 행사를 할 수밖에 없어서 약국과 쇼핑센터에 갔습니다. 약국에서는 가이드의 추천으로 숯탄자가 쓰여 있는 폼클렌징을 구입했습니다.

저녁은 야키니쿠 뷔페였습니다. 우리식으로 말하면 고기 뷔페입니다. 다양한 고기와 음료, 초밥, 후식들이 마련되어 있었습니다. 그래서인지 우리 입맛에 잘 맞았고, 마음대로 골라 먹을 수 있어 불판에서 바로 고기와 새우, 양파, 버섯 등을 구워 먹으니 정말 맛있었습니다.

시간 가는 줄 모르고 우리 세 명은 이것저것 요리를 즐기고 있었는데 어느새 식당에는 우리와 몇 분밖에 남지 않았습니다. 부랴부랴 식사를 마치고 밖을 나왔는데 주차장에는 버스 한 대도 보이지 않았습니다. 일행도 한 명도 보이지 않았습니다. 무척이나 당황하여 남편과 제가 번갈아 가며 가이드에게 전화를 하였지만 연결이 되지 않았습니다. 남편은 가이드가 우리를 남겨 놓고 출발했다고 생각했습니다. 딸은 숙소까지 택시를 타고 가려면 비용이 아주 많이 나올 것 같다고 했습니다. 우여곡절 끝에 가이드와 연결이 되었는데 다행히 버스는 출발한 것이 아니고 우리를 기다리고 있었습니다. 우리는 바로 앞에 있는 주차장만 보고 찾았는데 뒤쪽 주차장에 버스가 주차되어 있었던 것입니다. 우리가 가이드만 졸졸 따라왔지 버스의 위치를 정확히 알아 두지 않은 것이었습니다. 엄마 아빠가 서두르지 않고 느긋하게 해서 이런 일이 있었다고 딸에게 핀잔을 들었습니다.

우리 일행은 숙소가 있는 오이타로 이동했습니다.

— 오이타의 도미인호텔
도미인호텔은 신축한 호텔이어서 너무도 깨끗했고 시설도 최상급이었습니다. 더군다나 전날 묵은 호텔이 맘에 들지 않아서 더욱 좋아 보였습니다. 호텔 안에 온천까지 있으니 금상첨화였습니다.

우리 가족은 밤 10시 좀 전에 호텔 12층에 있는 온천으로 함께 가서 온천욕을 즐기며 여독을 풀었습니다. 깨끗하고 분위기도 최상이었습니다. 솔직히 낮에 했던 온천보다도 훨씬 좋았습니다. 일단 호텔 안에 있으니 가벼운 옷차림으로 언제든 즐길 수 있다는 장점도 있었습니다. 덕분에 아침에도 남편과 저는 식사 전에 온천욕을 했습니다. 특별히 야외온천은 가히 환상적이었습니다. 구름이 흘러가는 모습과 낮에 나온 반달을 보며 온천을 할 수 있다는 게 동화 속 같았습니다. 주목적이 온천을 하러 온 것이었으니 목적 달성을 했다는 생각을 했습니다.

— 벳부만 전망대

셋째 날 아침, 날씨는 바람이 불기는 했지만 언제 태풍이 있었냐는 듯 맑았습니다. 호텔에서 후쿠오카로 이동하는 중에 벳부만 진밍대에 들렀습니다. 원래는 어제 일정에 있었지만 태풍으로 인해 오늘로 연기를 했던 것입니다. 바다가 훤히 보이는 탁 트인 전망대에 오르니 가슴까지도 뻥 뚫리는 것 같았습니다. 바다 맞은편에 우리가 묵었던 오이타가 있다고 합니다.

— 다자이후텐만구

다자이후텐만구는 학문의 신 스가와라 미치자네를 모시고 있는 신사로 일본에서 가장 유명한 곳이라고 합니다. 시험합격이나 사업번창 등을 기원하는 신사라고 했습니다.

스가와라 미치자네는 교토 집에 있는 매화나무를 사랑했고 특별히 한 매화나무를 무척 사랑했다고 합니다. 교토를 떠나는 날 스가와라 미치자네는 매화나무를 보고 시를 지어 주었다고 합니다. (이 시는 일본 중학교 국어책에 실려 있다고 한다) 매화나무는 이에 감사하고 은인으로 생각했답니다. 나중에 시인이 학자로서 왕을 모시다가 사망을 했는데 시신이라도 함께하려고 기다렸다고 합니다. 시신은 소가 끄는 수레를 타고 운구 중에 현재 다자이후텐만구가 있는 자리에서 꼼짝도 하지 않아서 이곳에 묘소를 만들었다고 했습니다. 후에 여기에 다자이후텐만구를 창건했다고 합니다. 매화나무는 시신을 계속 기다리다가 결국 나중에는 뿌리를 뽑고 날아서 현재 다자이후텐만구에 함께 있게 되었다는 것입니다. 이것이 학자와 매화나무의 인연인 것입니다.

가이드는 신사는 인연과 관련이 있다고 했습니다. 일생에 모든 것이 인연이 있는데 그 인연을 위해 기도한다는 것입니다. 예를 들어 혼인의 인연, 사업의 인연과 같은 것입니다.

가이드는 신사를 마치 우리나라 조상들을 모시는 제사와 비슷하다고 설명을 해 주었습니다. 마치 제사를 모시는 사당이라는 것입니다. 그렇게 생각하니 이해가 빨리 되었습니다. 일제강점기에 강제 신사 참배 때문에 아픈 기억을 갖고 있는 우리 민족에게는 신사 자체가 나쁘게 생각될 수도 있고 다른 종교를 갖고 있는 사람들에게는 미신을 믿는다고 생각을 할 수도 있다는 것입니다. 일본 사람들은 이승에서의 모든 기도는 신사를 통해서 한다고 여겼습니다. 마지막 죽음 이후에는 절에 가서 기도를 드린다고 합니다.

신사를 상징하는 문을 통과하여 들어간 다자이후텐만구는 아름다웠습니다. 정원도 예쁘고 분위기도 좋았습니다. 마치 우리나라 산사 같은 느낌도 있었습니다. 건축물도 고색창연하고 일본식 정원도 잘 가꾸어져 있었습니다. 신사 안에서는 기도회가 열리고 있었습니다. 검은 정장들을 차려입은 젊은 남녀들이 모여 앉아서 가운데 제사장이 주관하는 예식에 참례하고 있었습니다.

일본 사람들처럼 동전을 통에 넣고 손뼉을 두 번 치고 기도를 하기도 했습니다. (물론 저는 하나님께 기도했습니다) 문화체험을 해 보니 재미있기도 했습니다. 서연이는 재미 삼아 일본 사람처럼 동전을 넣고 운세를 뽑아 보았는데 대길이라고 나왔습니다. 모든 운세가 너무도 좋아서 우리 가족들은 함께 기뻐했습니다. 일본사람들은 운세를 뽑아서 좋게 나오면 지니고 다니고 나쁘게 나오면 신사에다 꽂아 놓고 간다고 합니다.

― 후쿠오카 하카타 포트 타워
타워 전망대에 오르니 항구와 시내가 다 보였습니다. 마침 중국인들이 타고 온 크루즈들이 눈앞에 보였는데 그 규모가 빌딩 같았습니다.

* * *

후쿠오카의 면세점에 들러 쇼핑을 하였습니다. 후쿠오카에 있는 유명한 우동집에서 점심을 먹었는데 정말 맛있었습니다. 국물맛도 좋고 면발도 부드럽고 우동에 들어 있는 오뎅도 맛있었습니다. 큰 유부초밥이 두 개가 나와서 함께 먹으니 맛도 더 좋았고 배부르게 먹을 수 있었습니다.

일본은 초고령 사회라 노인복지가 잘 되어 있고 모든 복지비용 중 70%가 노인복지비용으로 사용된다고 합니다. 인구가 선거 때 표로 결정되니 그럴 수밖에 없는 구조지만 젊은 사람들에게는 안타깝다는 생각을 했습니다. 폐쇄적인 국가라 외국 인력을 거의 쓰지 않았지만 인구절벽에 어쩔 수 없이 외국인 노동자들을 쓴다고 합니다. 어느 버스회사는 근로자가 없어서 문을 닫았다고도 했습니다. 경기는 호황이지만 사람이 없어서 구인난을 겪는다고 하는데 우리나라 젊은이들은 일자리가 없어서 걱정이니 한편으로는 부럽기도 했습니다. 지방자치가 잘되어 있어서 중앙정부에 의지하지 않는다고 합니다. 어르신들이 지방행정을 감사하는 역할도 한다고 했습니다.

일본은 물류비용이 비싸서 각 지방에서 나오는 물건은 그 지방이 가장 저렴하다고 합니다. 자기네 지방에서 나오는 물건들을 거의 소비하다 보니 지방 경제가 더 좋겠다는 생각을 했습니다. 신토불이처럼 '지산지소'라고 합니다. 생산지와 소비자가 같은 곳에 있는 것이죠. 사실 요리도 금방 한 것이 가장 맛있고 신선하듯이 오랜 유통시간을 거치지 않고 물건을 소비하니 좋은 물건을 사용할 수 있다고 생각합니다. 특별히 식품류는 더할 것입니다.

일본은 남편과 아이들은 한 번씩 다녀왔지만 저는 처음이었습니다. 다녀온 분들 이야기가 한국과 별반 다를 바가 없다는 게 주류였죠. 저역시도 한국과 여러 모습에서 비슷하다는 생각을 했습니다.

태풍과 함께 한 여행이라 특별히 기억에 남습니다. 비바람을 헤치고 다니고 비바람을 맞으며 한 온전욕도 좋았습니다. 단지 아쉬운 점은 가마토 지옥 온천에서 족욕을 하지 못한 것과 온천수에 삶은 계란을 맛보지 못한 것입니다. 또한 유노하나 유황재배지를 가 보지 못하였고 유후인에서 금상 크로켓을 무료로 제공해 준다고 했는데 먹어보지 못해서 많이 안타깝습니다.

오래전 우리나라 사람들이 전해 주었던 문화를 받아들였던 일본인들은 그것을 부끄럽게 생각한다고 합니다. 일본의 역사서에는 일본 문화는 중국의 문화를 한반도를 통해 들어왔다고 기록되어 있다고 합니다.

서연이는 〈명탐정 코난〉을 무척 좋아합니다. 어렸을 적부터 보아 왔던 애니메이션인데 지금도 좋아하고 극장판이 나오면 친구와 함께 보러 가기도 합니다. 코난과 관련된 물품들이 많을 줄 알고 기대했는데 없어서 실망했다고 했습니다.

우리나라도 일본의 좋은 점들을 많이 받아들여 더욱 발전된 나라가 되었으면 좋겠다는 생각을 했습니다.

✻ 2018년 가을에

2018.11.9.

간밤 비바람에 나무들은 더 많은 잎을 떨구었습니다. 산책길 오솔길에는 낙엽들로 꼭 차 있습니다. 가을이 가려고 채비를 합니다. 오늘은 햇빛도 없는 길이라 많이 쓸쓸해 보입니다.

남편이 실직을 한 후 내일 함께 오른 뒷동산에서 온전한 가을을 만끽하고 있습니다. 해마다 사계절이 오고 가지만 올해만큼 계절의 변화를 몸과 맘으로 느낀 해는 없었습니다.

화살나무 정수리에서부터 단풍이 들더니만 도토리나무, 벚나무, 아카시아나무, 단풍나무에도 모두 단풍이 들었습니다. 아니 벌써 많이 떨어졌습니다. 하나님께서 그림 그리신 자연을 날마다 감상하는 맛이 아주 좋습니다. 매일 다른 그림을 보며 가을의 변화를 느껴 봅니다. 노오란 은행잎들도 아주 많이 떨어졌습니다. 바닥은 온통 황금 물결입니다. 쌓인 나뭇잎들을 살금살금 밟아 봅니다. 낙엽의 융단 길을 밟으며 배우들이 밟는 레드카펫보다 더 멋있다고 생각합니다. 옷을 벗은 나무들 덕에 건물들이 더 확연히 잘 보입니다.

아직은 아름다운 자태를 뽐내는 나뭇잎들이 그래도 많이 있습니다. 잎들이 다 지기 전에 가을의 아름다움을 더 많이 온몸에 담아 놓으려 합니다. 나이가 들다 보니 황홀한 단풍들을 볼 때 죽음을 떠올리게 됩니다. 마지막을 불태우고 떨어지잖아요. 봄날의 꽃들도 너무도 예쁘지만 가을날의 단풍이 더 황홀하다고 생각했습니다. 꽃들은 하나하나 그 아름다움을 자랑하지만 단풍은 온 산을 다 덮어 버립니다.

멀리 단풍 구경을 가지 않아도 바로 옆에서 감상할 수 있음에 감사합니다. 아름다운 가을을 주신 하나님께 감사합니다. 이 인생의 가을에도 더욱 멋지게 하나님 보시기에 아름답게 날마다 채워 나가기를 기도합니다.

지난 11월 24일(토)에 올해 첫눈이 내렸습니다. 기상청 예보로는 1~2cm쯤 올 예정이라고 했는데 아침부터 계속 펑펑 쏟아졌습니다.

탐스럽게 내리는 눈을 맞으며 남편과 함께 어김없이 아침 운동을 다녀왔습니다. 행어 신발이 미끄러울까 봐 매일 신던 닳은 운동화를 신지 않고 좀 더 새 운동화로 갈아 신고 비옷도 준비하고 우산도 쓰고 만반의 채비를 마치고 뒷동산에 올랐습니다.

아무도 밟지 않은 눈길은 가히 환상적이었습니다. 참으로 오랜만에 느껴 보는 그 촉감. 폭신폭신하고 전혀 미끄럽지도 않고 뽀드득뽀드득 소리를 내며 발자국을 만들며 오르는 산길은 너무도 아름다웠습니다. 잎을 벗은 나무들은 모두 다 눈꽃으로 갈아입었습니다. 단풍나무는 붉은빛 그대로 눈을 뒤집어쓰고 눈의 무게에 휘엉청 가지가 휘어 있었습니다.

운동기구 있는 곳에 도착하여 비옷으로 갈아입고 펑펑 쏟아지는 눈을 맞으며 허리 돌리기도 하고 파도타기도 하였습니다. 첫눈 오는 날 산에서 이렇게 운동하는 것도 처음이고 이토록 예쁜 풍경 속에서 운동하는 것도 처음이었습니다.

하나님께서 또 걸작품을 만드셨습니다. 남편과 함께라서 더욱 멋있었습니다. 휴대폰을 꺼내어 그림 같은 풍경 사진과 남편 독사진도 찍어 주었습니다. 첫눈을 남편과 함께 맞이하고 아름다운 풍경도 함께 보아 무지 행복했습니다.

지난 12월 2일 주일날 서연이가 아침에 일어나더니 목이 아프다고 했습니다. 대수롭지 않게 여기고 교회에 다녀오고 사무실에도 일이 있어서 다녀오니 저녁이 되었습니다. 다시 교회 선교회 모임에서 저녁식사가 있어서 다녀오니 아이가 머리가 아프다고 하고 허리도 아프다고 하고 눈물을 흘리는 것입니다.

본인은 많이 아픈데 엄마, 아빠는 별로 관심도 갖지 않고 많이 속상했던 모양입니다. 등과 허리 쪽에 파스를 붙여 주고 허리와 등을 두드려 주고 마사지도 해 주었습니다. 밤에는 열이 나서 옷을 벗기고 수건에 물을 묻혀서 계속 닦아 주었습니다.

기숙사 선생님께는 늦게 입사한다고 문자를 보냈습니다. 해열제를 먹이고 계속 물수건으로 몸을 닦아 주었지만 상태가 많이 호전되지는 않았습니다. 하는 수 없이 집에서 잠을 자고 다음 날 아침에 병원에 들렀다 학교를 가겠다고 다시 담임 선생님과 기숙사 사감 선생님께 문자로 알려드렸습니다.

이튿날 아침에 저는 사무실로 출근하고 서연이는 아빠와 함께 근처 병원을 갔는데 서연이가 A형 독감에 걸렸다는 것입니다. 격리치료가 필요하다고 다시 집으로 올 수밖에 없었습니다. 서연이 아빠가 담임 선생님께 진단서와 내용을 문자로 먼저 알려 드렸고 저는 다시 기숙사 사감 선생님께 문자로 알려 드렸습니다. 몸에 열이 나고 힘도 없고 목소리도 안 나와 서연이가 무척 고생하는 중입니다.

12월 3일 서연이 생일에 퇴근하고 냉장고에 있던 치즈케이크로 초를 꽂고 생일축하 노래를 불러 주었습니다. 촛불을 끄기 전에 소원기도는 서연이가 했지만 독감이 걸려서 촛불은 제가 끌 수밖에 없었습니다. 아이가 좋아하는 치즈케이크도 안 먹는다고 하여 아빠와 저만 나누어 먹었습니다.

나중에 서연이가 죽을 먹겠다고 해서 따뜻하게 해서 김치와 함께 주었는데 여기서 사달이 났습니다. 서연이가 주방 식탁에 앉아서 죽을 먹을 때 발을 쓰레기통에 올리고 먹는다고 아빠가 당장 고치라고 한 것입니다. 아이는 그게 편하다고 하고 아빠는 자세가 안 좋아 허리가 아픈 것이라고 발을 올리질 말라고 하고. 서로 고집을 피우다 보니 언성이 높아지고 서연이는 눈물을 뚝뚝 흘리며 식탁에 앉아 죽도 제대로 먹지 못하고 있었습니다.

서연이의 생일, 독감이 걸려서 격리되어 학교도 못 가고 당장 다음 주 화요일부터 기말고사인데 몸과 마음이 아픈 아이한테 서연이 아빠가 소리를 막 지르는 것입니다. 그러지 않아도 아이가 아파서 속상한데 정말 화가 무지 많이 났습니다. 제발 좀 그만해 달라고 해도 남편은 저에게도 야단을 쳤습니다. 물론 서연이가 아빠에게 버릇없이 군 것은 사실입니다. 그렇지만 하필이면 아이가 죽을 먹고 있는데 그렇게까지 할 필요가 있는가 싶고 조금 참았다가 나중에 해도 될 텐데 싶었습니다. 먹을 때는 개도 안 건드린다고 했는데 아픈 아이한테, 그것도 생일인데 말이죠.

뉴스에서 독감이 유행이라 학교에 못 오는 아이들이 많다는 소식을 들었는데 제 아이가 이렇게 독감에 걸릴 줄은 생각도 못 했습니다. 우리 서연이가 그동안 많이 피곤했나 봅니다. 면역력이 떨어져서 바이러스에 감염되었나 봅니다. 같은 반 옆과 뒤에 앉아 있는 친구들도 모두 독감이 걸려서 학교에 못 나오고 있다고 했습니다.

하나님께서 서연이에게 좀 쉬라고 하시는 것 같습니다. 그렇지만 이번 주 내내 학교에 못 가고 다음 주 화요일부터 기말고사인데 걱정입니다. 당연히 건강이 최우선이지만 고2 2학기 기말고사도 아주 중요하기 때문이죠. 내신으로 대학교를 가는 경우가 훨씬 많기 때문에 내신관리가 필수이고 지난 2년 동안 잘해 왔는데 말입니다. 더군다나 지난 중간고사를 조금 망쳐서 이번 기말고사에서 만회를 해야 한다고 서연이가 말했기에 생각을 안 할 수가 없습니다. 하나님께서 가장 좋은 길로 인도해 주시길 믿으며 다만 기도할 뿐입니다.

✱ 다시 봄!

며칠 전부터 다시 아침 운동을 시작했습니다. 겨울 감기로 인해 잠깐 멈추었는데 너무 많이 쉬었다는 생각이 듭니다. 아침 찬란한 햇빛을 받으며 야트막한 동산을 오르는 일은 참으로 즐겁습니다. 나뭇가지 위에서 까치 부부도 반갑다고 "깍깍." 인사합니다.

동산 입구에 매화나무에는 가장 먼저 봄이 왔습니다. 빨간 꽃망울을 방울방울 나뭇가지 가득 달고 있습니다. 벌써 꽃잎 3개는 활짝 피어 있었습니다. 겨울과는 공기가 확연히 다르다고 느꼈습니다. 포근한 날씨가 이제 봄이 왔다고 알리고 있었습니다. 맨손체조만 했는데도 몸이 후끈합니다. 봄꽃들을 볼 생각에 벌써 가슴이 두근거립니다.

지난해 남편의 실직과 함께 동산을 오르기 시작했는데 남편은 이제 일자리를 찾았습니다. 너무도 감사합니다. 오라고 하는 곳이 4곳이나 되어 취사선택을 해야 할 정도입니다. 물론 급여가 많이 약하지만 일할 수 있다는 것만으로도 무한 감사합니다. 우선 지금 있는 곳의 상황을 보아서 용역 수주가 되면 장기적으로 일을 하고 만일 수주에 실패를 하면 다른 곳도 생각하고 있습니다.

남편은 새벽기도를 계속 열심히 다니고 있습니다. 전에는 새벽기도 갔다 와서 잠을 자지 않고 함께 아침 운동을 했습니다. 요즘에는 새벽 기도로 인해 모자란 잠을 아침에 보충하느라 저 혼자 아침 운동을 합니다.

오늘은 미세먼지가 너무 나쁘다고 하여 하루 쉬었습니다. 가능하면 아침 운동을 거르지 않으려고 합니다. 아침에 20분에서 30분 운동을 하지만 참으로 상쾌하고 좋습니다. 허리 돌리기를 하면서 혀도 쭉 빼고 혀 운동도 하고 고개도 하늘 높이 쳐다보며 목운동도 합니다. 하늘에 떠가는 구름도 보고 낮에 나온 반달도 봅니다. 반달을 볼 때면 일본 호텔에서 야외 온천을 하며 쳐다보았던 반달이 생각납니다.

이제 다시 2019년의 봄이 오고 있습니다. 가슴을 활짝 열고 오는 봄을 맞으렵니다. 장하고 어여쁜 봄꽃들의 축제에 동참하렵니다. 아름답고 찬란한 봄에 우리 모두 조금 더 행복해졌으면 합니다.

지난 2019년 2월 24일(일) 주일에는 어린이 뮤지컬 공연을 남편과 함께 다녀왔습니다. 서연이 친구 수영이 동생이 극단 단원인데 이번에 공연을 하게 되어 초대를 받았습니다.

주일 오전 예배와 오후 예배까지 모두 마치고 잠깐 집에서 쉬었다가 이른 저녁을 먹고 집 앞에서 버스를 타고 대학로로 향했습니다. 혜화동로터리에서 하차하여 걸어서 동덕여대 공연예술센터 대극장에 도착하였습니다. 공연장에 미리 도착하여 수영이 어머니로부터 티켓을 받아 예습까지 하고 본격적인 공연 관람을 하였습니다.

제목은 〈마루의 파란하늘〉이었으며 환경 관련 창작극이었습니다. 아이들이 어찌나 연기도 잘하고 노래와 춤도 잘 추는지 정말 시간 가는 줄도 모르고 재미있게 보았습니다. 많은 시간과 정성을 들여 연습을 했겠지요. 환경 관련 공연이라 모든 사람에게 유익했으리라 생각합니다. 다시 한번 우리가 매일 숨 쉬고 있는 이 자연을 잘 지켜야겠다고 생각했습니다.

공연을 마치고 남편과 함께 대학로를 걸으며 길거리 음식을 맛보았습니다. 가장 먼저는 계란빵을 하나씩 맛있게 먹었습니다. 다음에는 오뎅을 하나씩 먹고 뜨끈한 오뎅 국물까지 시원하게 마셨습니다. 모두 다 먹고 싶었지만 조금 자제를 하고 호떡을 또 하나씩 달콤하게 먹었습니다. 마지막으로는 치즈 닭강정을 포장해서 가지고 왔습니다. 서연이를 주려고 하다가 오늘 서연이는 학교 학생회에서 모임을 가서 더욱 맛있게 먹고 있으리란 생각에 우리끼리 집에 와서 모두 깨끗하게 먹었습니다.

정말 오랜만에 대학로에 나왔습니다. 엎어지면 코 닿을 거리에 있는데도 왜 이리도 오래 걸렸는지 모르겠습니다. 이제 조금씩 시간을 내어 대학로에 와야겠습니다. 여러 공연을 보며 좀 더 삶을 풍부하게 살아야겠습니다. 영화관람은 가끔 하는데 연극이나 뮤지컬은 참으로 오래간만에 보았습니다.

다시 5월이 왔습니다. 가정의 달이라고도 하고 계절의 여왕이란 수식어가 붙어 있는 달이기도 하지요. 어제는 어버이날이었습니다. 양가 부모님 모두 이 세상에는 계시지 않기에 챙겨 드릴 부모님이 없습니다. 마음 한 편에 허전함을 느꼈습니다.

아들은 지난 주말에 미리 다녀갔습니다. 이불세트를 멀리 인천에서부터 들고 와서 우리가 퇴근할 때 몰래 교체를 하고 있었습니다. 지난번에 아들이 이사를 하면서 새 이불세트로 바꿨는데 너무 좋다고 했거든요. 거금 삼십오만 원을 주고 샀다고 해서 그렇게 비싼 것을 샀냐고 했는데 똑같은 이불세트를 사 가지고 왔습니다. 부드럽고 폭신하고 덕분에 우리 부부는 꿀잠을 매일 잡니다.

딸은 기숙사에서 밤 11시가 넘어서 전화를 했습니다. 오늘 어버이날이라 통화한다고요. 몸 상태가 안 좋다고 해서 병원 갔다 왔냐고 하니 수요일이라 병원문을 일찍 닫아서 약국에서 약만 사서 왔다고 합니다. 고3이라 많이 예민하고 힘들 겁니다. 다행히 지난번 모의고사와 이번 중간고사를 잘 보았다고 합니다. 모두 1등급 나왔다고요. 노력의 결과를 보상받는 것 같아 기쁩니다. 이제 기말고사도 잘 준비하여 좋은 결과가 나오면 원하는 대학교 진학에 한 발짝 더 나아가는 거라 날마다 기도하고 있습니다.

오늘도 아침 운동을 했습니다. 하루가 다르게 바뀌어 가는 풍경들을 만끽하며 하나님의 섬세한 손길에 감사와 찬양을 드립니다. 수많은 꽃이 피고 지고 또 피고 집니다. 봄꽃은 참으로 짧게 피고 집니다.

수수꽃다리도 어느새 그 향내 나는 꽃들을 다 떨구어 버렸습니다. 밭배나무꽃들도 이제 시기 시작했습니다. 딸기나무꽃들은 흰 꽃들을 활짝 피우기 시작했습니다. 덜꿩나무꽃들은 아직은 피지 않았는데 먼저 핀 한 나무를 보니 하얀 꽃잎이 크고 예쁘더라고요. 하마 아카시아가 활짝 피었을 때인데 올해는 좀 늦은 것 같습니다. 자세히 보니 아카시아나무에 하얀 꽃 몽우리들이 주렁주렁 달려있습니다. 이제 곧 진한 향기를 온 사방에 뿌리겠지요. 철쭉도 거의 다 졌습니다. 황매화는 그래도 좀 오래가는 것 같습니다. 이미 꽃이 진 것들도 있지만 아직 주황색 꽃을 예쁘게 달고 있는 나무들도 있습니다. 명자나무도 빨간 꽃들을 주렁주렁 달고 있었는데 이제는 꽃들이 보이지도 않습니다. 냉이꽃들도 하얗게 모두 피었고 민들레는 이미 홀씨를 날려 버린 꽃들이 더 많습니다.

출근길에 가로수로 심어 놓은 이팝나무꽃들이 한창입니다. 탐스럽고 하얀 꽃들을 가득 피워서 어찌나 예쁜지 모릅니다. 벚꽃도 아름다웠지만 이팝나무꽃도 벚꽃 못지않게 아름답습니다.

아무것도 없었던 나무에 저마다 푸른 잎들로 무성합니다. 아무것도 없었던 대지에 수많은 풀로 가득합니다. 때에 따라 피고 지는 저 꽃들처럼 우리네 인생도 피고 또 질 것입니다. 잠깐 있다가 사라지는 안개와 같고 봄꽃과도 같은 우리네 생인데 잘 살아야지요. 하나님께서 이 땅에 소풍 보내 주셨는데 즐겁게 기쁘게 잘 살다가 다시 본향으로 가야지요. 옛 선인들이 인생이 일장춘몽과도 같다는 말씀을 하셨지요. 한 편의 봄꿈이 얼마나 짧은지 피고 지는 봄꽃들을 보며 다시 생각했습니다. 아름다운 계절에 아름다운 봄날에 대자연의 아름다움을 주신 하나님께 감사를 드립니다.

✱ 바울선교회 야유회를 다녀와서

　지난 6월 6일(목) 현충일에는 바울선교회 부부동반 야유회를 다녀 왔습니다. 장소는 파주에 있는 마장호수였습니다. 박 집사는 야유회 출발 전 태극기를 조기로 게양했습니다. 오전 9시에 봉고차 두 대와 승용차를 나누어 타고 출발했습니다. 매년 현충일에 정기적으로 하는 가장 큰 행사인데 작년에 이어 올해도 가게 문을 닫고 함께했습니다.

　동부간선도로를 타고 의정부를 거쳐 양주까지 약 1시간 30분 정도 소요되었습니다. 점심식사를 할 장소인 '너와촌'에 도착하여 예배를 간단하게 드리고 우리 일행은 모두 마장호수 둘레길을 함께 걸었습니다. 날씨는 구름이 끼어 선선하고 걷기에 안성맞춤이었습니다. 햇빛이 따가우면 둘레길 걷기가 아주 불편했을 텐데 말입니다.

　둘레길 따라 핀 붉은 장미꽃도 감상하고 까맣게 익어 가는 버찌들도 바라보며 여유 있게 담소를 나누며 걸었습니다. 가장 하이라이트는 역시 호수를 가로지르는 출렁다리였습니다. 다리 초입은 나무 계단식으로 되어 있었습니다. 다리에는 인파로 가득했습니다. 수많은 사람이 함께 건너다 보니 다리는 쉴 새 없이 출렁출렁 흔들리며 우리를 어지럽게 했습니다. 헝가리 다뉴브 강에서 한국인들이 여행 갔다가 안타깝게도 배 사고로 많은 분이 사망하고 실종되어 아직 시신도

다 찾지 못한 상황이 떠올랐습니다. 다리가 이 많은 사람의 무게를 감당할 수 있을까 생각하고 말했더니 옆에 계시던 장로님께서 안전하다고 하셨습니다. 오늘은 사람들이 적게 온 것이라고 하시면서요.

나이가 들어가면서 너무 사람들이 많은 곳보다는 좀 더 한적한 곳이 좋아지는 것 같습니다. 우리 딸은 어린데도 불구하고 사람 많은 곳은 숨이 막힌다고 합니다.

호수 입구에서는 청둥오리 가족도 만나고 팔뚝만 한 잉어들이 유유히 헤엄치는 모습들도 보았습니다. 호수 옆으로는 산으로 되어 있어서 온갖 풀들과 나무들이 초록으로 자라고 있었습니다. 인공호수다 보니 나무들이 있던 곳에 그대로 물을 가두어 호수에는 나무들이 물에 그대로 있었습니다. 무리 지어 있는 나무들은 살아 있는 것이 아니라 하얗게 말라 죽어 있었습니다. 수량이 많이 줄었다고 함께 가신 집사님께서 말씀하셨습니다. 답사 왔을 때는 호수 가득 물이 차 있었는데 농사지을 물을 많이 빼기 때문에 물이 많이 없다는 것이었습니다.

둘레길 옆 나무 밑에도 단체로 관광 온 사람들로 북적거렸습니다. 음식들을 싸 들고 와 함께 나누어 먹고 즐겁게 자연을 즐기고 있었습니다. 다만 쓰레기들이 버려진 모습은 아름답지 않았습니다. 호수 옆에는 공사가 한창인 곳도 있었습니다. 개인 사유지라 카페 공사를 하고 있는 것 같았습니다. 우리나라는 경치가 좋은 곳에는 모텔이나 카페들이 다 들어와 있는 것 같습니다. 자연을 좀 그대로 놓아두면 좋겠다는 생각을 했습니다.

둘레길을 걷고 난 후 맛있는 점심식사를 하였습니다. '능이오리백숙'을 먹었습니다. 한약재가 들어가서 맛있기는 했지만 국물이 너무 단 것은 단점이었습니다. 권사님들은 감초가 너무 많이 들어간 거 같다고 하셨습니다. 밑반찬들이 모두 다 맛있었습니다. 열무김치, 배추김치, 시금치 나물, 버섯 무침, 파김치, 옥수수 샐러드, 꽈리고추볶음 등 여러 권사님들께서도 다들 맛있다고 하셨습니다.

점심식사 후에 남자분들은 족구를 하고 여성분들은 근처에 있는 '오랑주리'라는 카페에 가서 차를 마셨습니다. 그렇게 큰 카페는 생전 처음이었습니다. 넓은 주차장은 이미 수많은 차량으로 가득 차 있었습니다. 카페는 식물원 같았습니다. 지형지물을 그대로 살리면서 큰 통유리로 되어 있어서 시원하고 전망도 좋았습니다. 카페 곳곳에 수많은 식물이 자라고 있고 아이들과 나들이하기도 아주 좋은 장소라고 생각했습니다. 다른 권사님들은 주로 커피를 마셨고 케이크도 함께 시켜서 나누어 먹었습니다. 저는 코코넛망고스무디를 먹었습니다. 제가 먹은 스무디는 만 원이라고 했습니다. 와우 아주 비싼 것으로 먹었네요.

카페에서 이런저런 얘기를 나누고 있는데 비가 오기 시작했습니다.

남성분들도 족구를 마치고 합류를 했습니다. 단체사진도 찍고 카페 여기저기도 둘러보고 야유회를 마무리했습니다.

　작년보다는 참여 인원이 줄었지만 알찬 야유회를 다녀왔습니다. 이번에 현충일이 목요일이라 금요일은 각 학교들이 재량휴업일로 정해서 가족여행을 간 팀들도 있어서 참석을 못 한 분들도 있다고 합니다. 지난해에는 친교부장님께서 직접 음식들도 하시고 산행도 해서 좋았지만 올해는 점심식사를 사 먹어서 더 좋았다고 생각합니다. 음식 하시느라 함께하지 못해서 미안하기도 하고 부담도 되었거든요. 야유회를 준비하시느라 애쓰신 집행부 집사님들 덕분에 안전하고 즐겁게 잘 다녀왔습니다.

✳ 산딸기의 계절

2019.6.14.

봄날의 화려한 꽃들은 거의 자취를 감추었습니다. 서로 경쟁하듯 다투어 피던 봄꽃들의 향연이 다 끝났습니다. 어서 열매를 맺기 위해 그토록 치열했었나 봅니다.

며칠 선에노 들리넌 뻐꾸기 소리노 이제는 들리지 않습니다. 봄이 간다고 그리도 서글피 울더니만 여름과 함께 떠나 버렸습니다. 짙은 향내 풍기던 인동덩굴꽃들도 거의 다 졌습니다. 다만 기린초들은 노오란 꽃들을 피우고 있습니다. 나팔꽃들도 화려한 나팔을 불어 대고 있습니다. 개쉬땅나무들도 하얀 꽃들을 피우기 시작했습니다. 담장에 정열의 빨간 장미꽃들은 많이 지고 얼마 남아 있지 않았습니다.

어제부터 빨갛게 하나씩 익은 산딸기를 따 먹었습니다. 오늘은 제법 몇 개 먹었는데 그 달콤함이란. 작년에는 남편과 함께 딸기를 많이 따 먹었습니다. 요즘 남편은 새로운 직장에 일찍 출근해야 해서 아침 운동을 하지 못합니다. 주말에 쉴 때 딸기 따 먹으러 가자고 남편에게 말해야겠습니다. 내일은 토요일이라 아침 운동을 남편과 같이 가려고 합니다. 달콤한 딸기도 따 먹고 석류, 마늘즙도 가지고 가서 맛나게 먹을 겁니다.

딸기가 있는 곳을 잘 알고 있습니다. 작년에 딸기가 아주 많이 있던 곳을 관리 아저씨가 딸기나무를 모두 베어 버려서 얼마 남아 있지 않아 안타깝습니다. 다만 오늘 새롭게 딸기나무 있는 곳을 찾아냈습니다.

6월은 딸기의 계절입니다. 꽃은 별로 많이 없지만 딸기 따 먹는 재미가 있습니다. 까맣게 익은 버찌도 따 먹고요. 어릴 적에는 도시락, 주전자를 들고 친구들과 딸기 따러 다녔습니다.

국민학교 고학년 때 엄마와 함께 딸기를 따러 갔는데 어마어마한 딸기 군락지였습니다. 정말 온전히 딸기밭이었지요. 엄마가 먼저 장소를 알아 가족들과 함께 갔는데 비가 오는 겁니다. 딸기를 따서 입안에 넣으면 비 반 딸기 반 어찌나 달콤하고 맛있던지요. 그 딸기의 맛은 평생 잊지 못합니다. 엄마는 함께 딴 딸기를 팔기도 하셨습니다. 억척같이 가족들을 위해 평생 사셨던 엄마. 오늘은 엄마가 더욱 보고 싶습니다.

어제는 같은 업종에 종사하는 여러 사장님과 정동진을 다녀왔습니다. 주일을 제외하고는 매일 문을 열어야 하는 업종이다 보니 다 함께 야유회를 다녀오는 것이 쉽지는 않습니다. 모임을 오래 유지했지만 지난해에야 처음으로 야유회를 다녀왔습니다. 올해는 모임 구성원들의 의견을 수렴하여 6월 27일(목)로 미리 날을 정하고 다녀올 수 있었습니다.

아침 7시 30분에 모여서 45인승 대형 버스에 올랐습니다. 집행부에서 준비한 김밥, 떡, 과일들로 아침을 버스에서 해결하였습니다. 떡은 백설기에 맛난 콩이 들어 있었고 따끈따끈해서 너무 맛있었고요. 김밥도 따뜻해서 먹기가 좋았으며, 맛도 있었습니다. 기사님은 센스 있게 7080 음악들로 선곡을 해서 여행의 흥을 돋우어 주었습니다.

오전 11시쯤 정동진에 도착하여 우리 일행들은 정동진 부채길을 함께 걸었습니다. 날씨는 햇빛이 없어서 걷기에는 안성맞춤이었습니다. 부채길은 천연기념물 437호이며 2,300만 년 전의 지각변동을 관찰할 수 있는 국내 유일의 해안단구라고 합니다. 2.86km 탐방로를 걸었는데요. 계속 바다를 보며 걸어서 원 없이 바다를 보았다는 생각이 듭니다. 멋진 암석들과 바다가 어우러진 풍경은 시원하고 아름다웠습니다. 바람도 솔솔 불어 주니 더할 나위 없이 좋았습니다.

약 1시간 정도 둘레길을 걷고 30분 정도 이동해서 주문진에 도착했습니다. 미리 예약을 해 두어 바로 맛난 점심식사를 할 수 있었습니다. 부드럽고 달콤한 회와 매운탕을 함께 먹었습니다. 다양한 회를 간장거자소스, 초고추장, 된장양념에 번갈아 가며 쉴 새 없이 먹었더니 배가 든든하게 채워졌습니다. 가끔은 상추쌈에 회, 고추 등을 넣어서 먹기도 했습니다.

맛있는 점심식사 후에는 쇼핑을 함께 했습니다. 모임에서 볶음용 멸치 한 박스씩 각 사람에게 선물로 나누어 주었습니다. 저는 현지에 왔으니 멸치 한 박스를 더 사 왔습니다.

다음 일정으로 휴휴암에서 산책을 했습니다. 바다를 배경으로 한 암자가 멋졌습니다. 방생한 물고기들이 바다로 나가지 않고 그대로 있는지 물고기 떼로 바글바글했습니다. 노래로만 듣던 해당화도 보고 살구나무에 노랗게 익은 살구도 보았습니다.

저녁은 서울로 올라오는 길에 강촌에 들러서 숯불 치즈퐁듀 닭갈비와 막국수를 먹었습니다. 닭갈비를 치즈에 찍어 먹는 것은 처음이었습니다. 치즈의 고소한 맛과 어울려서 짠맛도 별로 느껴지지 않고 환상적인 맛이었습니다.

버스에서는 노래방기기에 맞춰서 노래들을 하는데 몇몇 분은 가수처럼 잘하셨습니다. 숨겨진 끼를 발휘하며 모두가 흥겨운 야유회를 다녀왔습니다.

✸ 성하의 계절

2019.8.8.

더위가 한창입니다. 그야말로 성하의 계절입니다. 땀이 쉴 새 없이 주르르 흘러내리는 태양의 계절이기도 합니다. 매미는 해마다 이 계절에 왔다가 갑니다. 오랜 세월 땅속에서 굼벵이로 견디어 내고 잠시 잠깐 와서 2세를 남기고 떠나는 매미들의 합창이 처연합니다.

아침마다 오르는 동산에는 맥문동이 활짝 피었습니다. 사계절 내내 푸르른 잎들을 자랑하는 맥문동이 보랏빛 꽃을 피웠습니다. 마치 난과도 흡사하고 푸르른 기상이 군자와도 같습니다. 싱싱하게 잘 자라 주어 고맙습니다. 일월비비추도 봄에 너무도 작은 새순들이 올라왔는데 어느새 푸르게 자라 보랏빛 꽃들을 활짝 피웠습니다. 4~5월에 피어야 하는 겹황매화(죽단화)는 철을 모르는지 한두 송이씩 주황색 꽃을 피우더니 역시도 남내중 제법 여러 송이 꽃을 이 한여름에 다시 피워 내고 있습니다.

키가 큰 해바라기도 황금빛 꽃들을 피웠습니다. 가을에 해바라기 씨를 까먹으면 맛있겠습니다. 봉숭아도 예쁘게 손톱에 물들이라고 빨강, 분홍, 흰색 꽃들을 예쁘게 피웠습니다.

올여름에는 휴가를 못 가고 있습니다. 서연이가 고3이라 자제를 하고 있습니다. 이제 9월 초에는 수시 서류를 접수할 것입니다. 최상위 대학교들에 원서를 넣을 수 있어서 너무도 감사합니다. 하나님께서 가장 좋은 길로 인도하시리라 믿습니다. 11월 14일에 수능이 끝나고 12월 10일에 있을 합격자 발표를 고대합니다. 일부 학교는 수능 전에 합격 여부를 알 수 있겠지요. 모두 6개를 지원할 수 있으니까요.

그동안 묵묵히 제 할 일을 해 준 서연이에게 감사합니다. 초등학교 부터 고등학교 3학년까지 사교육도 별로 없이 좋은 성직을 내어 주어 그저 감사할 따름입니다. 이제 몇 달 남지 않은 기간도 최선을 다해 주리라 확신합니다. 내년에는 어엿한 대학생으로, 숙녀로 변신할 예쁜 딸을 기대합니다. 여행도 함께하고 좀 더 많은 시간을 함께 보냈으면 좋겠습니다. 성하의 계절에 지치지 말고 더 힘있게 정진하는 서연이가 되길 기도합니다.

✳ 2019년 9월을 맞이하며

이제는 아침저녁으로 선선하여 가을이 눈앞에 와 있음을 느낍니다. 다음 주가 추석이니 가을입니다. 날마다 오르는 뒷동산에는 며칠 전부터 매미 소리가 전혀 들리지 않습니다. 매미들도 모두 여름과 함께 떠났습니다. 떠난 것은 늘 아쉽고 그립습니다.

가을의 전령사 풀벌레 소리는 무척이나 아름답게 들립니다. 마치 합창단이 하모니를 이루어 노래 부르는 것 같습니다. 밤에 창문을 열어 놓고 잠자리에 누우면 천상의 소리인 듯싶습니다.

옥잠화의 눈부신 하얀 꽃이 피었습니다. 백합과라 마치 백합꽃 같기도 합니다. 옥잠화가 핀 것은 올해 처음 봤습니다. 순결한 하얀색인데 꽃대가 길게 나와서 총같이 여러 꽃송이가 피었습니다. 해바라기도 키를 높이 올리더니 황금빛 꽃들을 피워 내고 있습니다. 키가 너무 자라서 겸손히 허리를 굽히고 있기도 합니다. 맨드라미도 붉은 꽃송이들을 피우고 있습니다. 맨드라미로 화전을 해 먹을 수 있다고 들었습니다.

먹땡깔도 조그마한 흰색 꽃들을 피우기도 하고 벌써 까만 열매들을 달고 있는 것들도 있습니다. 예전에 약들이 귀했을 때 시골에서 아이들 열나면 삶아서 먹였다고들 합니다. 까마중이라고도 하는데 치질이 있는 사람들에게 줄기째 삶아서 물과 함께 요강에 넣고 치질 부위를 뜸질을 하면 치질이 쪼그라들어 낫는다고 어머니께서 말씀해 주셨습니다.

도깨비바늘들도 노란색 꽃들을 피우더니 어느새 열매를 맺어서 바늘들을 달고 있습니다. 동물들에게 달라붙어서 멀리멀리 씨들을 뿌리겠지요. 예진에 어렸을 때 도깨비바늘이 옷에 달라붙어서 떼어 냈던 기억들이 있습니다. 꽃범의꼬리는 작년에는 키가 크게 자라더니만 올해는 영 작게 자라 있습니다. 작은 키에도 몇몇 나무들은 여리디여린 분홍빛 꽃들을 피우고 있습니다. 달개비들은 온 몸뚱이를 벌레들에게 내어 주고도 푸른 하늘빛 꽃들을 장하게 피워 내고 있습니다.

어제로 tvN에서 방영하던 주말 드라마 〈호텔 델루나〉가 종영을 했습니다. 보기 시작한 것은 얼마 안 되었는데요. 총 16회 작이라 그리 길지 않아서 금방 끝을 맺은 느낌입니다. 주인공인 가수 아이유 씨와 여진구 씨가 열연을 하였는데 청춘들의 아픈 사랑들이 아름다웠습니다. 〈호텔 델루나〉는 이승에서 한을 품었던 영혼들이 저승을 가기 전 호텔에 머물며 원한을 해소하고 편안히 저승으로 갈 수 있도록 돕는 역할을 하는 곳이었습니다. 불교의 윤회설과도 연관이 있어서 인연으로 만나 다음 생에 다시 연결되는 내용도 있었습니다.

이별이란 항시 슬프지요. 더군다나 이승에서의 기약할 수 없는 이별이란 우리를 너무도 아프게 합니다. 그러나 보내 줘야만 합니다. 우리도 언젠가는 가야만 하는 길이고요. 드라마를 보면서 죽음에 대한 생각들을 많이 해 보았습니다. 물론 저는 기독교인이라 천국을 꿈꾸니 그리 슬프지는 않습니다. 다만 가족들이나 사랑하는 사람들과의 이별은 우리를 가슴 아프게 할 것입니다.

드라마를 한번 보기 시작하면 시간을 많이 들여야 하기 때문에 잘 보는 편은 아닙니다. 서연이가 한번 보라고 해서 재방송을 한 번 보고 〈호텔 델루나〉를 보기 시작했습니다. OST들도 너무도 아름다웠습니다. 애절하고 가슴을 아리게 했습니다. 본방송을 따라잡기 위해 며칠 동안은 하루에 여러 편을 몰아서 보기도 했습니다. 이제 주말이 조금 쓸쓸하겠습니다.

사무실 책상 위에 난꽃이 활짝 피었습니다. 남편이 뿌리가 많이 상한 난을 분양받아 왔는데요. 정성스럽게 물도 주고 사랑해 주었더니 꽃으로 피어나 우리를 기쁘게 합니다. 참으로 오랜만에 향긋하고 그윽한 난향에 취해 봅니다. 예전에도 남편이 가지고 왔던 난을 잘 가꾸어서 꽃을 피우게 했답니다. 벌써 20여 년 전이군요. 그때는 아직 미처 봄이 오기 전에 겨울의 끝자락에 해마다 난꽃이 피었습니다. 동양란이 참으로 군자답습니다. 쭉쭉 뻗은 기개와 사시사철 변하지 않는 용모까지도요.

저는 인공이 첨가된 향을 좋아하지 않습니다. 아무리 좋은 향수도 역시 좋아하지 않습니다. 예전에 영국 살 때 영국인들이 사용하는 향수나 헤어스프레이 등의 냄새 때문에 전철을 타면 구역질이 났습니다. 난향은 자연의 꽃 향이라 너무도 좋아합니다. 너무 진하지도 않고 여느 꽃처럼 화려하지도 않은 난꽃 역시도 너무도 아름답습니다. 수줍은 시골 아가씨같이 생긴 꽃이 정겹습니다.

제게로 와서 꽃피어 준 난에게 정말 감사합니다. 예전처럼 해마다 난꽃이 피었으면 참으로 좋겠습니다. 역시도 아직 봄은 멀리 있는데 겨울의 끝자락에 활짝 핀 난꽃이 자랑스럽고 대견합니다. 지금 창밖에는 눈들이 바람 따라 사선으로 내리고 있습니다. 추운 겨울에 그래도 우리 사무실 환경이 난에게 잘 맞았나 봅니다. 내년에도 후년에도 해마다 난꽃 피기를 기다리겠습니다. 난촉들이 무성해 지면 다른 화분에 또 분양을 해서 거기도 난꽃들이 활짝 피었으면 좋겠습니다.

　서연이가 오늘 오전 10시부터 고등학교 졸업식을 했습니다. 신종 코로나 덕분에 학부모들도 출입을 통제해서 참석을 하지 못했습니다. 39살 12월에 늦둥이로 낳은 우리 귀염둥이 딸이 벌써 고등학교 졸업이라니요. 참으로 세월은 유수와 같다는 말이 실감 납니다.

　아침 출근길에 서연이 학교 교문 앞을 항상 지나옵니다. 올겨울 들어 가장 춥다는 영하의 추위에도 꽃장수들은 꽃들을 전시해 놓고 팔고 있었습니다. 서연이는 며칠 전에 선생님들 드릴 꽃들과 본인 꽃다발을 미리 주문해 두어서 어제 찾아왔습니다. 저마다의 색깔로 어우러진 꽃다발이 너무 예뻤습니다.

　아침에 졸업식에 가면서 본인 꽃다발을 스스로 챙겨서 들고 가는 서연이가 재미있었습니다. 우리가 준비해서 줘야 하는데 말입니다. 대학교도 우리나라 톱클래스인 소위 스카이 대학교에 그것도 경영학과에 당당히 합격한 서연이가 무척이나 자랑스럽고 대견합니다. 마침 오늘 등록금을 내는 날이라 아침에 출근해서 바로 등록을 마쳤습니다. 한국장학재단에 장학금을 신청했는데요. 소득분위가 아직 안 나왔답니다. 하는 수 없이 먼저 납부하고 나중에 돌려받아야 합니다.

서연이는 메가스터디에서 인터넷 강의로 공부했습니다. 스카이 대학교에 입학하면 300%를 장학금으로 주는 거여서 그것도 받게 되었습니다. 여러 가지로 무한 감사합니다. 오늘 고등학교 졸업식에서도 국회의원상도 받고 다른 상도 받았습니다. 유종의 미를 거둔 우리 서연이에게 힘찬 박수를 보냅니다. 대학교생활도 멋지게 하리라 믿어 의심치 않습니다.

항상 동행해 주시는 하나님께 감사와 영광의 찬양을 올립니다.

✳ 코로나19와 함께 온 봄

2020.3.25.

코로나19 전염병으로 인하여 사회적 거리두기가 한창입니다. 행여 하는 두려움에 뒷동산 운동도 자제하던 터에 어제부터 다시 뒷동산을 오르기 시작했습니다.

자연은 여전히 그 자리에서 본연의 몫을 다하고 있었습니다. 연분홍 진달래가 무척이나 곱습니다. 노오란 개나리는 활짝 피어 황금빛 물결을 이루고 있습니다. 홍매화는 먼저 피더니 벌써 몇몇 꽃송이들은 지고 있습니다. 명자나무잎들도 많이 자라 있었고 붉은 꽃송이들을 품은 나무가 예쁩니다. 화살나무, 황매화, 조팝나무, 개쉬땅나무, 수수꽃다리, 복자기나무, 덜꿩나무들도 새순이 돋아 어찌나 사랑스러운지 모르겠습니다. 비비추는 땅을 뚫고 나와 삐죽삐죽 자라고 있습니다. 단풍나무도 역시 새순이 나고 있는데 지난해의 잎들을 아직도 달고 있기도 했습니다. 추운 겨울날에 새순을 보호하려고 겨우내 바람을 막아 냈나 봅니다. 연분홍 복숭아꽃도 피어서 자태를 뽐냅니다. 찔레나무는 그중에서도 가장 많은 새순이 나 있었습니다. 조금 있으면 찔레를 먹을 수 있겠습니다. 기린초는 제법 많이 자라 있었으며, 작년보다 더 넓은 지경을 확장하고 있었습니다. 빨간 딸기나무 가지에도 새순이 돋아나고 있었습니다. 올해도 맛난 딸기를 따 먹어야겠습니다. 출근길에는 하얀 목련화가 만개했습니다. 눈부시도록 아름다운 새신부처럼 순백의 꽃들을 피웠습니다. 벚꽃길에는 한 송이씩 벚꽃들이 피어나기 시작했습니다.

많은 상춘객이 찾았던 진해는 사람들이 몰릴까 봐 아예 장벽을 쳤다고 합니다. 2020년에 봄은 왔는데 봄이 아닙니다. 세계적으로 코로나19로 인해 수많은 사람이 감염되고 사망자가 속출하고 있습니다. 나라마다 국경의 문을 닫아 버리고 서양 사람들은 동양 사람들을 바이러스라고 손가락질하며 차별하기도 한답니다. 심지어 구타까지 당한 한국인이 있다는 기사를 보았습니다. 세계 곳곳마다 수많은 인파로 붐비던 길들은 황량하기가 이를 데 없습니다. 각 종교단체의 예배도 인터넷으로 드립니다. 직장인들도 재택근무를 많이 합니다. 사람이 모이지 않으니 모든 경제가 곤두박질치고 있습니다.

백신이 나오면 이 사태가 다 해결될 텐데요. 빠른 시간 안에 백신개발이 쉽지가 않나 봅니다. 어서 빨리 코로나19에서 해방되기를 기도합니다. 마스크를 끼지 않고 다닐 수 있으면 얼마나 좋을까요. 평범한 일상이 얼마나 큰 행복인지를 우리 모두 실감하는 나날입니다. 모든 학교가 닫혀 있고 아이들이 뛰어놀아야 할 운동장은 바람만이 날립니다. 어서 일상으로 돌아가 서로 토닥여 주고 부대끼며 살았으면 좋겠습니다.

　요즘은 매일 아침 남편과 함께 뒷동산에 올라 운동을 합니다. 날마다 펼쳐지는 봄꽃들의 향연을 보는 것은 덤입니다.

　지금은 산철쭉이 분홍빛으로 피어나 황홀합니다. 수수꽃다리는 보랏빛 향기로 유혹을 합니다. 봄에 가장 향기로운 꽃입니다. 아침마다 은은한 향에 취해 행복합니다. 황매화도 진한 노랑으로 피어나 한껏 자태를 뽐냅니다. 하얀 조팝나무꽃은 벌써지고 있습니다. 명자나무꽃들도 붉은 꽃잎들을 떨구고 있습니다. 분홍빛 개복숭아꽃들은 다 지고 말았습니다. 자세를 낮춰야만 볼 수 있는 보랏빛 제비꽃들도 예쁩니다. 하얀 냉이꽃들도 한껏 피어 있습니다. 노오란 민들레꽃들도 피어서 자태를 자랑하고 있습니다. 벌써 홀씨가 된 꽃들도 있습니다. 찔레는 제법 자라서 먹을 만합니다. 찔레를 꺾어 잎들을 뜯어내고 먹으면 풋풋한 봄 내음이 입안 가득 넘쳐납니다. 딸기들도 꽃들을 피우기 위해 꽃눈을 도톰하게 준비하고 있습니다. 팥배나무는 잎사귀들을 많이 키워 냈으며 역시도 풍성한 하얀 꽃들을 피우기 위해 꽃눈을 주렁주렁 매달고 있습니다. 덜꿩나무도 많은 잎이 자랐고 아름다운 꽃들을 피우기 위해 바쁩니다. 도토리나무들도 수많은 잎을 피워 냈습니다. 단풍나무들은 나뭇잎들이 거의 다 자랐습니다. 은행나무들 잎들도 많이 자랐습니다. 화살나무도 가지만 있어서 쓸쓸했는데 어느새 나무 가득 잎들을 피워 냈습니다. 일월비비추는 벌써 무성하게 자랐습니다. 올해는 참나리도 여기저기 자리를 차지하고 있어서 꽃들이 피어나면 무척 예쁠 것입니다. 원추리들도 제법 많이 자랐으며 다른 해보다 더 넓은 자리를 차지하고 있습니다. 아카시나무들도 아직은 어리지만 수많은 잎을 피워 냈습니다. 5월이 되면 아카시아 향기 가득한 탐스러운 하얀 꽃들을 피워 낼 것입니다. 이번 해에는 구절초들이 아주 조금밖에 나지 않았습니다. 구절초 꽃들을 많이 보지 못할 것 같아 아쉽습니다. 꽃범의꼬리는 아직은 아주 작은 키로 자라 있습니다. 기린초들도 이제는 제법 많이 자라서 풍성합니다. 매화나무에는 아주 작은 매실들이 매달려 있습니다.

산은 날마다 다른 모습으로 우리에게 놀라움과 기쁨을 줍니다. 하나님께서 그리시는 그림이 너무도 아름답습니다. 김영랑 시인은 모란이 지고 나면 내 한 해가 다 갔다고 하셨지요. 삼백예순 날을 섭섭해 우신다고 하셨고요. 모란이 피기까지 찬란한 슬픔의 봄을 기다리신다고 하셨습니다. 너무도 사랑하는 모란이기 때문일 것입니다. 하지만 저는 저마다 아름다움을 자랑하는 모든 꽃이 좋습니다.

코로나19로 인해 온 세계가 전쟁 중에 있지만 2020년 봄은 어김없이 아름답게 지나가고 있습니다.

✱ 2020년 어버이날에 단상

2020년 5월 8일 어버이날입니다. 아들은 주말에 미리 선물 보따리를 사 들고 다녀갔습니다. 딸은 엄마, 아빠 따로 금일봉을 마련해서 주었습니다. 대학생이 되어서 아르바이트를 해 번 돈으로 준비한 것입니다. 카네이션도 준비하고 사무실에서 사용하라고 펜도 사 주었습니다. 손 편지는 오늘 저녁에 준다고 했습니다. 이제는 나이가 들어서 어버이날에 받는 입장이 되었습니다. 양가 부모님은 다 돌아가셔서 찾아뵐 부모님도 계시지 않습니다.

제 아버지는 부잣집 막내아들로 태어나 부족하지는 않게 자란 듯합니다. 어렸을 적에는 공부는 뒷전으로 이산 저산 노루처럼 뛰어놀기 바빴다고 합니다. 20살 이른 나이에 결혼할 때만 해도 별로 나쁘지는 않았던 것 같고요. 할아버지가 돌아가시고 난 뒤에 온 가족이 아편에 절어서 가산을 다 탕진하고 고향을 떠나면서 고생길에 접어들었답니다. 아버지는 강원도 탄광의 광부셨습니다. 날마다 언제 죽을지도 모르는 캄캄한 굴속으로 가셨습니다. 갱이 무너져 몇 번이나 죽을 고비도 넘기셨습니다. 결국은 진폐증에 걸려 70살도 못 넘기시고 가셨습니다. 평생을 소처럼 사시다가 그렇게 떠나셨습니다.

제 엄마는 시어머니를 모시고 남편과 오 남매 키우시며 안 해 본

장사 없이 온갖 경험을 다 하셨습니다. 아버지가 광산에서 일하시다가 다치셔서 생계 위협을 받을 때부터 올챙이 묵, 옥수수 등을 머리에 이고 다니며 밤이 늦도록 팔고 다니셨지요.

국민학교 운동회를 할 때면 부모님은 항상 참석을 못 하셨습니다. 대신 할머니께서 운동회에 오셔서 우리들 뛰는 모습을 지켜보셨습니다. 치아가 없으신 할머니는 홍시나, 연시를 즐겨 잡수셨습니다. 우리 집 밥은 항상 무른 밥이었습니다. 할머니가 조금만 고슬밥이 되어도 잡수시기가 불편했기 때문이었습니다.

부모님께서는 먹고사는 일에 바쁘다 보니 중고등학교 때도 거의 학교는 오지 못하셨습니다. 학교 시험이 언제인지 준비물이 무엇인지도 전혀 모르셨습니다. 국민학교 때 육성회비를 늦게 내어서 불려 다니고 재촉당하는 일이 다반사였습니다. 비 오는 날에도 우산이 없으면 그냥 맞고 다녔습니다. 갑자기 비가 와도 한 번도 우산을 가지고 나오신 적이 없으셨습니다.

평생을 바쁘게 사시다가 두 분 다 무엇이 그리 급하신지 서둘러 세상과 작별하셨습니다. 다행인 것은 두 분 다 말년에는 여유롭게 사셨다는 것입니다. 경제적으로나 정신적으로요. 서연이를 임신했을 때는 김장을 해서 가지고 오셨습니다. 시어머니를 모시고 살았기 때문에 친정에서 김장을 얻어먹은 적은 그때가 처음이자 마지막이었습니다.

엄마는 사무실에 전화하시는 것도 방해될까 봐 자주 하지 않으셨습니다. 겨울에 눈이 내리면 엄마에게 전화를 했습니다. "엄마, 눈이 와. 거기도 눈 내려?" 지금은 눈이 와도 비가 와도 전화 드릴 엄마가 계시지 않습니다. 계실 때 잘하라는 말이 정말 맞습니다. 엄마가 많이 보고 싶습니다.

　어제는 동종업계에 종사하고 있는 대표님들, 직원들과 함께 연천으로 야유회를 다녀왔습니다. 코로나19로 인해 시기가 엄중해서 계속 모임도 취소했고 자제하던 차에 청정지역으로 한번 다녀오자고 의기투합했습니다.

　오전 9시에 출발하기로 약속이 되어 있었습니다. 조금 이른 시간에 나간다고 했는데도 출근 시간과 겹쳐서인지 도무지 버스가 달리지 못했습니다. 차라리 걸어가는 쪽이 훨씬 더 빨랐을 거란 뒤늦은 후회를 했습니다. 다행히 정시에 목적지에 도착해서 겨우 차에 올랐습니다. 먼저 오셔서 기다리고 있는 사장님들이 많았지만 아직 도착 못한 사장님들도 몇 분 계셨습니다. 그중 한 분이 30분이나 늦게 도착을 해서 9시 30분이 넘어서 출발할 수 있었습니다. 빨리 왔으면 앞자리로 앉아서 좋았을 텐데 늦게 오는 바람에 앞자리는 모두 다른 분들이 앉아 있어서 가운데쯤으로 가서 자리를 잡았습니다. 혼자 앉아 있다가 나중에 오신 사장님께 옆자리를 양보해서 함께 앉았습니다.

　가는 동안에 동석한 사장님과 이런저런 사는 이야기들을 나누었습니다. 이야기꽃을 피우다 보니 좀 더 가까워진 것 같았으며, 지루하지 않게 연천까지 갈 수 있었습니다. 다만 눈을 감고 잤으면 멀미는 나지 않았을 텐데 거의 도착할 무렵에는 도저히 참을 수가 없는 지경에 이르렀습니다. 시골길을 구불구불 가니 더 심해진 것입니다. 억지로 눈을 감고 참으며 도착하자마자 허겁지겁 내려 냇가에서 시원한 공기를 마시며 트림을 몇 번 하고 나니 살 것 같았습니다.

점심은 오리백숙, 삼겹살과 목살이었습니다. 야외에서 먹는 삼겹살은 정말 맛있었습니다. 다양하고 신선한 쌈 채소와 함께 싸 먹으니 그야말로 꿀맛이었습니다. 점심식사 후에 자유 시간에는 저 멀리 군부대까지 산책을 다녀왔습니다. 가는 길에 뽕나무를 발견한 저와 몇몇 분들은 오디 먹는 맛에 푹 빠졌습니다. 어찌나 달고 맛나던지 이빨이 시꺼멓게 되고 입 주위가 지저분해지는 것도 아랑곳하지 않고 먹었습니다. 오는 길에는 벚나무를 발견하고 버찌를 또 많이 따 먹었습니다. 우리 동네 버찌는 알이 조그마한데 여기 버찌는 알이 굵고 튼실해서 더 먹을 만했습니다. 길가에는 하얀 개망초꽃들이 흐드러지게 피어 있었습니다. 질경이는 아무도 밟지 않으니 엄청 크기가 컸습니다. 펜션에서는 앵두나무를 발견했습니다. 앵두도 알이 크고 맛있었습니다. 손이 닿는 곳에는 벌써 다 따 먹어서 약간 가지를 내려서 먹을 수 있었습니다.

원래는 족구를 할 예정이었는데 땅 상태가 별로 좋지 않아서 족구는 할 수 없었습니다. 마스크를 쓰고 작은 규모로 나누어서 이야기도 하고 노래도 부르며 시간을 보냈습니다. 몇몇 분들은 펜션 앞 계곡에서 다슬기를 잡기도 했습니다.

　모임이 거의 파할 무렵 두 분 사장님이 족구장에서 공을 넘기고 있었습니다. 한 분이 계속 헛발질을 하며 공을 못 넘기고 있어서 쓱 가서 공을 차서 넘겨 주었습니다. 상대방 사장님과 몇 번 공을 주고받으며 놀았습니다. 여기까지는 무척 좋았는데 상대편 사장님이 엉뚱한 방향으로 공을 보내서 공을 잡으러 쫓아가다가 그만 넘어지고 말았습니다. 마음만 젊어서 몸이 따라가지 못한 것 같습니다. 바지는 구멍이 나고 오른쪽 무릎은 까져서 피가 흘렀습니다. 왼쪽 무릎도 까졌습니다. 물로 상처 부위를 씻어 내고 밴드를 붙였습니다. 처음에는 잘 모르겠더니 나중에는 무척 쓰리고 아팠습니다. 땅바닥이 아주 작게 부순 자갈 바닥이라 충격이 더 심했던 것 같습니다.

　오랜만에 콧바람을 쐬이니 좋았습니다. 가게는 모두 임시휴무 안내장들을 붙여 놓고 잘 다녀왔습니다. 계곡에서 발 담그고 놀지 못한 것은 조금 아쉽지만 오디, 버찌, 앵두를 맛있게 먹어서 무척 행복했습니다.

✻ 여전도회 서울연합회 월례회를 다녀와서

2020.7.16.

　노회 여전도회 서울연합회에서 하는 월례회에 다녀왔습니다. 우리 교회 여성중창단이 예배 특송을 하게 되어서 가게 되었습니다. 아침 일찍 서두른다고 했는데도 시간을 겨우 맞추어 출발하였습니다. 집 앞 버스정류장에서 버스를 타고 이미 몇 정류장 왔는데 악보를 집에 놓고 온 게 생각이 났습니다. 하는 수 없이 중간에 내려 집으로 부리나케 걸어가면서 남편에게 악보를 가지고 와 달라고 부탁을 했습니다. 거의 집까지 가서야 남편을 만나 악보 파일을 받았습니다. 시간은 급하고 택시는 잘 안 잡히고 겨우 타게 된 택시는 왜 이렇게 시간이 오래 걸리는지요. 가다가 멈추기를 반복하고 약속 장소에 도착하니 약속 시간이 넘었습니다. 복장을 위에는 흰색, 아래는 검은색 바지로 통일하기로 한 것에만 중점을 맞추고 악보 파일을 가방 옆에 두고는 가방만 들고나와서 일이 벌어진 것입니다.

　이달에는 월례회를 우리 교회에서 주관하기로 되어 있어서 각 여전도회 회장님들이 예배 순서들을 맡아서 진행하였습니다. 덕분에 종로구 율곡로190(연지동)에 있는 여전도회관도 처음으로 방문하였습니다. 현대그룹빌딩 옆이라 찾기도 아주 쉬울 것 같았습니다. 코로나19로 인해 교회 내의 소모임도 모두 금지된 상황이라 조심스러웠습니다. 14층 강당에서 예배와 월례회를 하였습니다. 입구에서부터 모두 명단 확인하고 체온도 체크하고 엄격하게 진행하였습니다. 자리도 띄엄띄엄 나누어서 앉고 앞에서 특송할 때도 물론 마스크를 착용하였습니다. 참으로 답답하였지만 시국이 이러하니 어쩔 수가 없었습니다.

예배 후 월례회를 하는 것을 보니 우리 교회 분들이 임원들을 맡아서 활동을 열심히 하고 계셨습니다. 많은 지교회가 불참하였고 지교회에서 겨우 한두 명 많아야 네다섯 명씩만 참석하여서 참석률이 저조하였습니다. 우리 교회만 중창단과 예배순서를 맡은 분들이 계셔서 인원이 가장 많았습니다. 담임목사님께서도 순서 맡은 사람들만 참석하라고 당부를 하셨습니다. 우리 교회 여전도회와 비슷한데 더 확장된 것이라 보면 되었습니다. 장학사업도 하고 교육, 이웃 섬기기 등 좋은 일들을 많이 하고 있었습니다.

아마도 다른 때 같았으면 함께 식사를 했을 것입니다. 이번에는 금일봉을 주어 알아서 식사를 하라고 하였습니다. 우리는 중창단 몇몇분과 반주자와 함께 대학로에 있는 샤부샤부 뷔페에서 점심을 먹었습니다. 음식들이 맛있고 얼마든지 추가로 먹을 수 있어서 좋았습니다. 다양한 음식들이 있었습니다. 짜장면에 떡볶이도 있고 샐러드, 잔치국수, 초밥, 탕수육, 김밥, 청포묵 무침, 각종 음료, 과일들, 빵, 아이스크림 등등 각자 취향에 맞게 먹고 싶은 것 맘대로 골라 먹는 재미가 있는 것이 뷔페의 장점이겠죠. 사는 이야기들을 나누며 맛난 점심을 먹은 후에 커피까지 마시고 파하였습니다. 몇몇 분들은 카페에서 더 이야기를 나누기로 하고 저와 권사님 한 분은 바로 버스를 타고 왔습니다. 사무실을 잠깐 남편에게 맡기고 참석한 터라 자리를 오래 비울 수가 없었기 때문입니다.

오랜만에 낮 시간에 여유를 즐긴 듯합니다. 항상 사무실에 매여 있고 점심도 사무실에서 해 먹기 때문에 밖에 나갈 일이 별로 없습니다. 맛있는 음식을 먹어서 좋고 월례회도 참석하여 견문을 넓힌 것 같아 좋았습니다.

사랑하는 당신의 60회 생일을 축하합니다. 함께한 33년의 세월이 어찌 지나갔는지 모르겠네요. 아이들 키우고 가장으로서 책무를 다 하시느라 수고 많으셨습니다. "장인, 장모님 회갑연 했었는데 내가 벌써 그 나이가 되었네요." 그리 말씀하셨지요? 예, 당신 나이가 벌써 환갑이 되었어요. 청춘이지요. 이제는 조금 더 여유를 갖고 살아도 되는 때라고 생각합니다. 아들은 결혼식이 다가오고 딸은 모두가 부러워하는 스카이 대학교 그중에서도 경영학과에 입학했으니까요. 모두가 하나님의 은혜요. 감사의 제목입니다.

교회에서 클라리넷을 연주하시는 당신이 무척이나 자랑스럽고 고맙습니다. 코로나19로 인해 예배도 비대면 온라인 예배로 드려서 안타깝습니다.

주말에 공원 산책을 함께할 수 있어서 너무도 행복합니다. 비가 올 때면 비옷을 입고 우산을 쓰고 깔깔거리며 함께 걸을 수 있어서 감사합니다. 우리 아이들이 모두 결혼해서 손자, 손녀를 우리에게 줄 날을 생각하면 절로 웃음이 나옵니다. 얼마나 귀엽고 예쁠까요. 가슴 설레며 기다립니다.

당신과 나, 둘 다 건강에 더욱 유의하도록 해요. 운동도 짬 날 때마다 하고요. 이제 우리 시작이에요. 인생은 60부터니까요. 함께 만들어 갈 날들이 더욱 기다려집니다.

사랑하는 당신 아내 올림

✱ 드라마 〈성균관 스캔들〉을 보고

　드라마 〈성균관 스캔들〉 20부작을 3일 만에 모두 다 보았습니다. 방영될 당시에는 보지 못해서 많이 아쉬웠습니다. 다시보기를 하려고도 했었는데 회당 비용이 들어서 포기했습니다. 이번에는 마침 넷플릭스를 아들이 가입을 해서 무료로 볼 수 있었습니다. 물론 아들이 월정액을 납부하기 때문에 가능한 일이지만 말입니다. 어찌나 흥미진진하던지 3일이 금방 지나가 버렸습니다.

　조선 시대 국립대학교인 성균관에서 일어나는 여러 에피소드가 아주 맛깔나게 버무려져 있는 드라마였습니다. 청춘들의 사랑, 꿈, 희망, 고뇌, 우정, 부자간의 갈등, 불의에 눈감지 않고 분노하는 젊은이들의 혈기 왕성한 아름다운 이야기들이었습니다. 빈부 격차, 세대 갈등, 계급 사회, 여성 문제 등 드라마는 많은 이야기를 하고 있었습니다. 특별히 여성은 성균관에는 절대로 들어갈 수 없는 상황에서 남자로 신분을 속이고 입학하여 벌어지는 여러 일을 재미나게 그렸습니다. 아직도 깨야 할 유리 천장이 많지만 그래도 조선 시대에 여자로 태어나지 않은 것만도 다행인 것 같습니다. 한번 책이나 드라마에 빠지면 밤을 꼬박 새우는 성미라 시작을 잘 안 하는데 코로나19로 인해 한가하기도 하고 심심하기도 하여 보게 되었습니다.

어릴 적에는 대학의 낭만을 꿈꿨습니다. 집안 형편이 어려워 대학을 포기하고 고등학교 졸업 후 바로 취업 전선에 뛰어들었습니다. 내힘으로 주경야독하며 대학교를 졸업하였습니다. 날마다 직장 일을 마치고 헉헉거리며 4년을 보냈습니다. 낭만을 느끼기에는 너무나도 바쁘고 힘겨웠습니다.

내 아이들에게는 남들과 똑같이 고등학교생활을 하며, 멋진 대학생활을 할 수 있게 해 주고 싶었습니다. 아들이 대학교 동아리에서 여자친구를 만나 이제 다음 달이면 결혼을 합니다. 딸은 코로나19로 인해인터넷강의를 듣기는 하지만 대학교생활을 멋지게 하고 있습니다. 오늘도 밴드동아리 간다고 나갔습니다. 아무나 갈 수 없었던 조선 시대성균관을 지금은 그래도 본인이 노력만 하면 갈 수 있는 문이 활짝열려 있습니다. 지금도 가정 형편상 대학을 포기하는 친구들도 있지만 길은 아주 많이 있다고 생각합니다. 남녀 구별 없이 조선 시대 성균관에서 공부하는 것입니다.

교육의 힘으로 이 나라가 이만큼 발전했다고 봅니다. 극성스런 한국의 부모님들이 자기는 비록 못 배우고 못 먹어도 자식들에게는 땅과 소를 팔아서라도 교육을 시켰으니까요. 송중기, 유아인, 박유천 배우들의 풋풋한 모습들과 열연을 보아서 더 좋았습니다.

✳ 2020년 코로나와 함께하는 한가위 연휴

2001년 사무실을 시작한 이후에 가장 긴 황금연휴였습니다. 무려 5일입니다. 예전에는 추석 전날도 출근하였고 설날 전날 역시도 출근 하였습니다. 물론 주일날도 출근하였습니다. 이제는 아주 많이 좋아 졌습니다. 우리가 이 지역 회장을 할 때 주일 날 쉬는 것을 명문화했 습니다. 서로 눈칠 보느라 제대로 쉬지도 못했습니다.

올해는 코로나19로 인해 일가친척도 전혀 만나지 않기로 했습니 다. 서로 나쁜 영향을 주면 안 되니까요. 더군다나 아들 결혼식이 2주 앞으로 다가왔기 때문에 긴장이 백배입니다.

연휴 첫날인 9월 30일부터 여유 있게 쉬었습니다. 매일 아침 남편 과 함께 배드민턴과 간식거리를 들고 나섰습니다. 포도, 석류즙, 마늘 즙, 약과 등 날마다 조금씩 다르게 가지고 갔습니다. 큰 공원을 크게 한 바퀴 돌고 가끔은 벤치에 앉아서 멋진 풍경도 감상하고 도란도란 이야기도 나누었습니다. 카페에서 차 한잔을 마시기도 하고 배드민턴 도 재미있게 쳤습니다.

이튿날 크루아상 반죽을 와플 기계에 넣고 구운 신개념 크로플을 먹으려고 카페를 갔습니다. 코로나19로 인해 개발되어 선풍적인 인기를 끌고 있는 음식입니다. 인기를 증명하듯 모두 매진되었습니다. 와플까지도 매진이었습니다. 하는 수 없이 다음을 기약하며 쓸쓸히 자리를 떠났습니다. 다음 날 아침부터 작정을 하고 큰 공원 한 바퀴를 돌고 바로 카페로 향했습니다. 다행히 크로플을 주문할 수 있었습니다. 에게, 작고 귀여운 것이 무려 사천 원이었습니다. 크루아상처럼 바삭바삭한 와플이었습니다. 남편과 서로 칼로 조금씩 잘라 주며 게눈 감추듯 금세 먹었습니다. 함께 주문한 바닐라 라떼, 민트초코 라떼도 역시 딜콤하니 맛있었습니다.

주위에 어떤 분이 라면을 주문하는 것을 보았습니다. 남편에게 넌지시 "우리도 라면 하나 주문할까요?" 했습니다. "여기 라면은 한강에서 파는 라면 기계에 넣고 판대요." 사실 한강 라면은 먹어 본 적이 없어서 궁금하기도 했습니다. 남편은 즉시 라면을 두 개 추가로 시켰습니다. "하나만 주문하지 그러셨어요?" 하고 말했더니 하나씩 먹어 보자고 했습니다. 멀리 휴가도 못 갔는데 그런 호사는 누려도 된다고 생각했나 봅니다. 은박지에 담아서 나온 라면은 꼬들꼬들하고 맛있었습니다. 다만 이렇게 비싼 라면은 처음 먹어 보았습니다.

오랜만에 남편과 많은 시간을 단둘이 보낼 수 있어서 좋았습니다. 먼 훗날 이렇게 우리 둘이만 남아서 시간을 소비하겠죠. 아니 얼마 남지 않은 듯합니다. 이번 기회에 미리 연습한다는 생각을 했습니다. 배드민턴을 치니 땀이 많이 났습니다. 땀 흘리고 집에 와서 시원하게 샤워하면 행복이 따로 없습니다.

시간이 남으면 텔레비전 시청도 했습니다. 특별히 이번 연휴에는 영화와 드라마를 많이 봤습니다. 아들 덕분에 넷플릭스에 자유롭게 들어가 보고 싶은 드라마나 영화를 원 없이 보았습니다. 〈킹덤〉〈신입사관 구해령〉〈클래식〉〈궁합〉〈명당〉 사실 〈명당〉은 영화관에서 본 것인데 다시 한번 더 보았습니다. 〈노트북〉도 재미있을 것 같아 틀었는데 이미 본 영화라 보다가 다른 것으로 바꾸었습니다. 치킨 한 번 짜장면, 짬뽕, 탕수육도 한 번 배달해 먹었습니다. 이게 연휴지요.

너무도 잘 놀았는지 연휴 마지막 날 사달이 났습니다. 전날 밤 자는데 목 주위가 가렵다는 생각을 하며 몇 번 긁었습니다. 나중에는 물로 씻고 로션을 바르고 잠을 잤습니다. 아침에 일어나니 물집이 잡힌 것 같기도 하고 가려웠습니다. 목 주위가 모두 벌겋게 부풀어 올라 있었습니다. 남편은 약을 발라야 한다며 벌레 물려 가려운 데 바르는 연고를 정성껏 발라 주었습니다. 바르고 나니 시원하기도 하고 화끈화끈하였습니다. 그런데 웬걸 상태가 더 악화되었습니다.

오늘 오전에 출근하자마자 병원에 들렀습니다. 선생님께서는 접촉으로 인한 것 같다고 하셨습니다. 날마다 공원을 가서 식물을 접촉해서인지, 아니면 벌레가 문제였는지 알 수가 없었습니다. 대상포진일 수 있다고도 하셨습니다. 저도 대상포진이라 생각했습니다. 다만 대상포진은 바늘로 찌르듯이 아프다는 얘기를 들었는데 그런 증상은 없었습니다. 선생님께서는 초기 단계에서는 지금 증상일 수도 있다고도 하셨습니다.

일단 주사를 맞고 먹는 약과 바르는 약도 처방받았습니다. 사무실에 오자마자 약을 바르고 먹었습니다. 저녁에도 사무실에서 손 닿는 데까지 약을 바르고 먹는 약을 먹었습니다. 생각에는 증상이 좀 완화된 것 같습니다. 다행입니다. 신생님께서 연휴에 힘들었냐고 하셔서 웃었습니다. 노는 데 너무 힘들었나 봅니다. 하루속히 나아서 아들 결혼식 때는 아무 지장 없기만을 기도합니다.

✳ 2020년 시월에

2020.10.21.

계절은 어김없이 돌고 돌아 다시 가을이 왔습니다. 날마다 운동하는 뒷동산에도 나무들이 가을로 새 단장을 하고 있습니다. 화살나무부터 조금씩 단풍이 들더니 옆에 철쭉나무도 물이 들기 시작했습니다. 팔각정 옆 한삼덩굴은 기세 좋게 뻗어 나가 일월비비추 자리까지 모두 침범하였습니다. 일월비비추는 누런 잎들을 드리우고 이번 생을 마감하고 있습니다. 팥배나무는 나무 가득히 풍성한 열매를 달고 빨갛게 익어 가고 있습니다.

미당 서정주 시인은 봄부터 소쩍새가 그렇게 울고 여름날 천둥이 먹구름 속에서 또 그렇게 울었던 이유가 노오란 국화꽃을 피우기 위함이라 하셨습니다. 소쩍새와 천둥과 무서리와 시인의 잠도 오지 않은 기다림으로 노오란 국화꽃들이 피기 시작했습니다. 서양등골나물은 눈부시고 탐스러운 하얀 꽃송이들을 한껏 피우고 있습니다. 산벚나무들도 노랗게 빨갛게 단풍이 들어 우수수 낙엽들을 떨구고 있습니다. 아카시아나무도 누렇게 단풍 들어 잎들을 내리우고 있습니다. 도깨비바늘도 더 많은 자손을 퍼뜨리기 위해 새까만 바늘들을 한가득 달고 누렇게 잎들을 드리우고 떠날 준비를 하고 있습니다. 자리공나무는 방울방울 열매를 가득히 달고 있습니다. 애기똥풀은 노란 꽃을 예쁘게 피우고 있습니다. 이름도 예쁜 꽃향유는 보랏빛 꽃을 멋들어지게 피우고 있습니다. 꽃이 방아와 비슷하여 처음엔 헷갈렸던 꽃입니다. 방아 하면 어머니 생각이 나는 꽃입니다. 경상도분들은 방아로 전도 부쳐 먹고 꽃게탕이나 추어탕에도 넣어서 잡수십니다. 허브같아서 음식에 넣었을 때 특이한 향이 나고 냄새를 잡는 역할도 합니다. 목화솜같이 하얗고 풍성했던 개쉬땅나무는 가지마다 검은 알갱이들을 가득히 달고 있습니다. 도토리나무는 익은 도토리들을 땅에 떨구고 있습니다. 딸기나무와 수수꽃다리도 누런 잎들을 달고 쓰러져 갑니다. 남보다 먼저 피어 봄을 알리던 매화나무는 다시 남보다 먼저 이파리를 다 떨구었습니다. 전나무는 꼿꼿이 자리를 지키고 있습니다.

겨울이 오기 전 공원관리인들이 나무들을 정리하고 있습니다. 길가에 늘어서 있는 화살나무와 조팝나무는 머리가 싹둑 잘리어 있습니다. 베어 버린 아카시아나무들이 땅에 뒹굴고 있습니다. 긴 장마 때문인지 키가 큰 아카시아나무가 쓰러졌는데 밑동까지 베어 버려 수십 년간 지켜 왔던 바로 옆에서 버려진 채 널브러져 있습니다.

코로나19 팬데믹에도 꽃은 피고 지고 단풍은 들고 시간은 흐릅니다. 2020년은 코로나로 시작하여 코로나로 끝나겠죠. 그럼에도 불구하고 2020년은 너무도 뜻깊은 한 해입니다. 아들은 얼마 전 거리두기 1단계로 내려갔을 때 결혼식을 올렸습니다. 얼마나 감사한지요. 거의 1년 전에 미리 예약을 했습니다. 코로나19로 인해 수많은 예비부부가 결혼식을 연기하고 취소하였습니다. 정말 기적같이 결혼식 바로 전에 거리두기 1단계로 내려가서 예식장에도 하객들이 인원 제한 없이 들어가고 식사도 자유롭게 할 수 있었습니다. 1년 동안 끊임없이 기도했던 대로 응답되어 너무도 감사합니다. 날씨도 햇빛 찬란하였고 따뜻하였습니다. 딸은 스카이 경영학과에 입학하여 학교생활을 잘하고 있습니다. 코로나19로 인해 사이버로 강의를 듣고 시험 볼 때만 학교에 가서 시험을 보지만 밴드도 가입해서 드러머로 활동하고 아이들 과외도 가르쳐서 수입도 짭짤합니다.

가을에는 추수도 하고 아름다운 계절인데 많이 쓸쓸하기도 합니다. 떨어진 낙엽들이 뒹굴 때 가야 할 곳을 생각합니다. 인생도 가을인 듯합니다. 겨울을 준비해야지요. 그래도 즐기렵니다. 드높은 하늘과 서늘한 날씨, 고운 단풍을 말입니다.

✷ 새아가를 맞으며

지난달에 아들이 결혼식을 했습니다. 예쁘고 참한 며늘아기를 얻었습니다. 대학교에서 만나 오랫동안 사귀어 결실을 맺게 되었습니다. 결혼식 날 늠름하고 듬직한 아들이 자랑스러웠습니다. 아름다운 신부는 저절로 박수갈채를 받게 하였습니다. 햇빛 찬란하고 따뜻한 날씨, 멋진 신랑 신부 모든 것이 감사했습니다.

영국에서 2.62kg으로 태어나 엄마 젖도 제대로 못 빨던 아들이 언제 이렇게 장성하여 결혼을 하게 되었는지 참으로 기쁘고 고맙습니다. 어머니가 계셨으면 얼마나 기뻐하셨을까? 친정엄마와 친정아버지께서 계셨으면 얼마나 좋아하셨을까? 특별히 시어머니께서는 아들이 태어나던 날부터 우리와 항상 함께 계셨기 때문에 더욱더 생각이 많이 났습니다. 아들 출산의 전 과정을 어머니와 남편과 같이 했습니다. 어머니는 아이가 빨리 나오기를 바라시고 며느리 진통이 오래될까 걱정되서서 제가 누워 있는데 위로 타 넘으셨습니다. 어머니는 빨리 순산을 하신 분이라 그렇게 하면 아이가 빨리 나온다고 하셨습니다. 멀리 한국에서 어머니와 함께 비행기 타고 온 미역과 말린 홍합으로 미역국을 끓이셔서 보온통에 넣어 병원으로 나르셨습니다.

어머니의 며느리였던 제가 이젠 시어머니가 되었습니다. 어머니처럼 살뜰히 새아가를 챙겨야지요. 새아가는 싹싹하고 다정합니다. 신혼여행 마치고 집에 왔을 때 영국에서 사 온 커피잔 세트를 주었는데 그 잔에 커피를 탄 사진을 찍어서 보내 주었습니다. 영국에서 사 온 그릇들이 많은데 새아가에게 챙겨 주려고 합니다.

새아가 직장이 아들 직장과 거리가 있어서 주말부부입니다. 다행히 아주 멀지는 않습니다. 신혼부터 떨어져서 지내는 아들 부부를 보면 마음이 많이 아픕니다. 속히 새아가 직장이 집 근처로 발령이 나기를 두 손 모아 기도합니다. 며늘아기가 금요일에 운전을 해서 집으로 오는데 항상 걱정입니다. 새아가 갈 때는 아들이 운전을 해서 데려다주고 오니 그 또한 걱정입니다. 아들 결혼을 시키니 걱정이 더 늘었습니다. 부모된 마음은 항상 이런가 봅니다. 오직 든든한 배경이신 하나님께서 눈동자같이 지켜 주시리라 믿습니다.

지난 11월 21일(토)에 김장을 했습니다. 2년 동안 김장을 안 하다가 올해는 김장을 하자고 아가씨와 의기투합해서 하게 되었습니다. 어머니 돌아가시고 나서는 아가씨네와 함께 우리 집에서 김장을 했습니다. 절인 배추를 미리 주문하고 양념에 들어갈 젓갈이나 생새우 액젓, 채소 등은 아가씨가 준비해 오고 육수 내는 것과 찹쌀풀 쑤는 깃, 수육과 밥하는 것은 제가 준비를 하곤 했습니다.

오전에는 사무실에 일이 있어서 아침 일찍 일어나서 김장 준비를 해 놓았습니다. 출근했다가 오후 12시가 넘어서 집에 도착했습니다. 도착하자마자 부랴부랴 수육에 들어갈 재료부터 챙겼습니다. 특별히 올해는 지난달 결혼한 아들 내외가 함께 김장에 참여하기로 했습니다. 새아가가 거래처에서 수육용 고기를 사 왔습니다. 아가씨는 예쁜 딸내미 둘과 함께 우리 아들네랑 거의 같은 시간에 도착을 했습니다. 새아가가 사 온 고기를 먼저 핏물부터 빼고 수육용 물이 끓자 바로 삶기 시작했습니다. 그동안 아가씨와 조카들, 며늘아기는 양념 준비를 했습니다. 우리 딸은 아르바이트가 잡혀 있어서 올 김장은 참여를 못 하고 외출을 하였습니다.

아가씨가 미리 채소도 준비를 해 와서 양념이 빨리 준비가 되었습니다. 수육이 되는 동안 벌써 둥그렇게 앉아서 속을 넣을 수 있었습니다. 아가씨네 작은 딸내미는 배추 박스에서 배추를 꺼내어 소쿠리에 받쳐서 물 빼는 일과 칼로 배추를 잘라서 넘겨 주는 역할을 하였고 큰조카와 아들 며느리와 아가씨는 속을 넣었습니다. 많은 일꾼이 참여했고 처음인데도 새아가와 아들도 제법 빠르게 일을 잘하였습니다. 덕분에 아주 수월하게 김장을 마쳤습니다.

김장의 백미는 수육을 함께 나누어 먹는 것입니다. 흰 쌀밥에 방금 한 김치에다 수육을 먹으면 어찌나 달고 맛있는지 모릅니다. 김치 양념에 싱싱한 굴과 아삭한 무와 달콤한 배가 어우러져 가히 환상적인 맛이었습니다. 사실 저는 수육을 먹지 못했습니다. 고기 종류 특별히 물에 빠진 고기들은 냄새가 나고 물컹한 식감도 그렇고 여러 가지 요인으로 인해 못 먹었습니다. 아가씨네랑 김장을 하면서 수육을 먹기 시작했습니다. 맛있는 음식을 나누며 가족들이 도란도란 앉아서 옛날이야기도 하고 이런 게 행복이라고 생각합니다.

아들이 결혼을 하니 새아가와 함께 오고 김장도 거들고 어찌나 좋은지 모르겠습니다. 김장하기 전에 새아가가 불편해할까 봐 걱정했는데 도리어 김장하는 것 돕고 싶다 하여 아들 내외 괜찮은 날짜로 잡게 되었습니다. 김장을 하고 나면 마치 부자가 된 것 같고 뿌듯합니다. 아가씨가 준비를 다 해 주어 너무도 감사합니다. 조카들도 함께 와 주어서 또한 감사합니다.

어제는 아가씨에게 전화가 왔습니다. "언니야, 며느리 너무 잘 봤더라. 싹싹하고 붙임성 있고 손끝도 야무지고 요즘 애들 같지 않고." 하나님께서 우리 아들에게 좋은 배필을 주신 줄 믿습니다. 늘 기도제목이었지요. 하루속히 며느리 직장이 집 근처로 발령 나기를 기도합니다.

✳ 첫눈 오던 날

지난 2020년 12월 13일(일)에 첫눈다운 첫눈이 내렸습니다. 얼마 전 내렸다는 첫눈은 구경도 못 했고 지역별로 좀 달랐다고 합니다. 주일 아침에 눈을 떠서 창문을 열어 보니 간밤에 하얀 세상이 되었습니다. 코로나19 2.5단계로 인해 주일예배도 비대면 온라인 예배로 드리니 아침에 시간적 여유가 많았습니다.

잠자는 남편을 깨워 아침 운동을 가자고 했습니다. 단단히 옷을 차려입고 장갑에 마스크를 끼고 집을 나섰습니다. 처음에는 작은 공원을 한 바퀴 돌았습니다. 앙상한 가지만 남아 있는 나무들에게 하얀 눈꽃이 피었습니다. 전나무는 그야말로 크리스마스트리가 되어서 자리를 지키고 있었습니다. 노오란 국화꽃도 눈을 덮어쓰고 까꿍 놀이를 하고 있었습니다. 벌써 부지런한 누군가가 하얀 눈을 밟고 지나간 발자국이 있었습니다. 운동기구들은 사회적 거리두기 때문에 예전처럼 꽁꽁 싸매져 있습니다. 금줄을 쳐 두어 접근을 막고 있습니다. 팔각정 아래에서 국민체조를 하였습니다. 아무도 밟지 않은 눈 위를 저희 발자국으로 채우기도 했습니다. 예쁜 풍경에 휴대폰을 꺼내어 사진 촬영을 하였습니다.

오늘은 시간이 있으니 큰 공원도 한 바퀴 돌자고 남편이 제안해서 큰 공원도 돌았습니다. 여기저기 아이들과 부모님들이 함께 눈사람을 만들고 있었습니다. 그 모습이 너무도 사랑스럽고 아름다웠습니다. 우리 아이들도 눈이 오면 눈사람을 만들어 길가에 세워 놓고는 했었습니다. 해마다 겨울에 눈이 오면 눈사람 만드는 일이 연례행사였는데 우리 아이들은 어느새 자라서 결혼도 하고 대학교에 다니고 있습니다. 이제 손자 손녀가 생기면 아이들과 눈사람을 만들어야겠습니다.

벌써 큰 눈사람을 만들어 공원 한가운데 장식한 분도 있었습니다. 가장 큰 눈사람이기에 가까이 가서 사진을 찍으려고 걸어갔습니다. 그런데 누군가가 "나오세요." 하는 소리가 들렸습니다. 뒤돌아보니 공원관리인께서 하시는 말씀이었습니다. 가던 발걸음을 멈추고 되돌아 나왔습니다. 아쉬움을 뒤로 하고 발길을 옮기려는데 어떤 분이 공원 안으로 성큼성큼 걸어가는 것이 보였습니다. "저 사람은 왜 들어가죠?" 하고 남편이 물었습니다. 사람들이 눈사람 때문에 들어가니 눈사람을 치우려고 하는 것 같다고 제가 말했습니다. 맞았습니다. 그분은 눈사람 머리 부분을 발로 밀어 떨어뜨렸습니다.

영국에 살다가 처음 한국에 와서 어린이대공원에 간 적이 있었습니다. 그때 여기저기서 호각 소리가 들렸는데 삑삑 소리가 그리 아름답지는 않았습니다. 잔디를 보호하려고 사람들 출입을 막는 소리였습니다. 영국에는 지천이 공원이었습니다. 마음대로 잔디에 들어가서 쉬기도 하고 눕기도 하고 돗자리를 깔고 일광욕을 하는 사람들도 있었습니다. 학교 운동장도 잔디로 되어 있어서 아이들이 마음껏 뛰어 놀 수 있었습니다. 어느 누구도 잔디밭 출입을 막는 사람이 없었습니다. 영국 잔디는 사계절이 누렇게 변하지 않고 항상 푸릅니다. 한국은 잔디를 보호하지 않으면 아마도 자라지 못해서 그렇다고 생각됩니다. 전문가들이 알아서 잔디를 심고 보호하고 관리하겠지만 우리나라도 사계절 잔디에 맘껏 들어가면 좋겠습니다.

나무마다 눈 이불을 덮고 있어 따뜻하기도 하리라 생각됩니다. 가지마다 핀 눈꽃 송이가 참으로 예뻤습니다. 사진을 여러 장 찍어서 우리 가족 단톡방에 올렸습니다. 올겨울에 추억 하나 더 저장했습니다.

　지난 2021년 1월 1일에는 새해를 맞아 해돋이를 보러 뒷동산 소공원에 남편과 함께 갔습니다. 겨울에는 해가 늦게 뜨니까 그렇게 새벽부터 움직이지 않아서 좋았습니다. 휴대폰에서 일출 시간을 확인해 보니 아침 7시 47분이었습니다. 자고 있는 남편을 깨워 해 뜨는 것을 보러 가자고 했습니다. 남편도 흔쾌히 동행해 주었습니다.

　뒷동산에 도착하니 벌써 두 팀이 해를 기다리고 있었습니다. 그 사이로 조금 거리를 두고 우리 부부도 자리 잡고 해돋이를 기다렸습니다. 동쪽 하늘이 붉게 물들더니 일출이 시작되었습니다. 마침 구름이 끼어 있어서 아주 완벽한 일출은 아니었지만 해돋이를 본 것만 해도 감사했습니다.

　새해 첫 해돋이를 보며 하나님께 기도하였습니다. 가정과 사업을 위해 또한 코로나19로 고통받는 우리 모두를 위해서요. 하루속히 팬데믹 이전의 일상으로 돌아가기를 소원합니다. 마스크를 안 쓰면 도리어 이상하게 느껴지는 일상이 되어 버렸습니다.

　엄동설한에도 꽃들은 다시 피기를 준비하고 있습니다. 홍매화는 어느새 빨간 꽃눈을 담뿍 달고 있습니다.

날마다 해가 뜨고 새해 첫날의 해도 어제와 똑같은 해인 것을 알지만 우리는 많은 의미를 부여합니다. 그래서 사실은 요란하게 새해 첫 해돋이를 보기 위해 특별히 간 적은 한 번도 없었습니다. 올해는 멀리 가지 않더라도 아니 가고 싶어도 못 가는 상황이 되었지만요. 가까운 곳에 가서 해돋이를 보기로 했습니다. 해 뜨는 영상을 찍기도 하고 사진 촬영도 해서 가족 단톡방에 올렸습니다. 우리 딸도 친구와 함께 가까운 공원에서 일출을 보고 사진을 가족 단톡방에 먼저 사진을 올렸습니다. 시간대가 같고 장소도 비슷하니 딸이 집에 같이 가자고 전화가 걸려 왔습니다. 소공원 한 바퀴를 돌고 우리 가족 모두 함께 집으로 돌아왔습니다.

올해는 온 세계가 하루속히 코로나19로부터 해방되기를 기도합니다. 더 이상의 사망자가 발생하지 않으면 좋겠습니다. 너무도 많은 사람이 전염병으로 인해 원치 않는 죽음에 내몰리고 있습니다. 존엄한 죽음을 맞지도 못하고 가족들과 인사도 못 한 채 쓸쓸히 홀로 세상과 이별하고 있습니다.

올해는 흰 소띠 해라고 합니다. 친정아버지도 소띠셨습니다. 평생을 소처럼 묵묵히 일하시다가 황급히 떠나셨지요. 소는 묵묵히 우리 옆에서 많은 일을 도와주기도 하고, 마지막엔 모든 것을 다 주고 갑니다. 우리 모두 소처럼 성실하게 한 걸음씩 뚜벅뚜벅 걸어서 저마다 소망하는 일들을 이루는 한 해가 되기를 희망합니다.

    사랑하는 지현이의 스물일곱 살 생일을 축하한다. 우리 가족으로서 처음 맞는 생일이라 더욱 뜻깊구나. 너무도 예쁘고 사랑스러운 지현이가 우리에게로 와 주어서 고맙고 감사하다. 항상 봄처럼 따뜻하고 밝고 아름다운 모습이길 기도한다. 낯선 환경에 적응하느라 힘들었지? 지난 설에는 몸이 안 좋아 고생했다. 너무 긴장을 해서 그럴 수도 있었으리라 생각된다.

    직장이 멀리 있어서 많이 안타깝고 속상하구나. 하루속히 집 근처로 발령 나기를 날마다 두 손 모아 기도하고 있다. 모두 함께 힘을 합쳐 기도하자꾸나. 모든 것은 다 지나간단다. 지금의 어려움이 아주 크게 느껴지지만 지나고 나면 추억이 되고 그리움이 될 수도 있단다. 어쩌면 서로 떨어져 있어서 더욱 애틋하고 사랑이 깊어질 수도 있다고 좋게 생각하기로 하자. 우리는 지현이가 음식 솜씨도 있고 상냥하고 살가워서 무척이나 좋단다. 우리 아들과 함께 아주 멋진 가정을 일구리라 믿어 의심치 않는단다. 서로 돕고 섬기며 사랑하며 살다 보면 항상 웃음꽃이 활짝 피어나리라 생각된다. 우리 가족 모두 지현이를 아주 많이 사랑한단다.

사랑하는 어머니가

✳ 영화 〈미나리〉를 보고 2021.3.22.

어제는 남편과 함께 영화 〈미나리〉를 보았습니다. 영화관까지 걸어 갔는데 어찌나 바람이 거센지 날아갈 지경이었습니다. 입구에서 발열 체크와 휴대폰의 영화티켓을 확인받고 동행자 휴대폰까지 기록하고 서야 들어갈 수 있었습니다. 코로나19 이후로 처음 보는 영화였습니 다. 그동안 영화관은 리뉴얼도 하고 의자도 훨씬 더 편해져 있었습니 다. 관람객들도 떨어져 앉기를 하니 관객 수도 적고 환경은 쾌적해졌 습니다. 다만 마스크를 계속 쓰고 있어야만 하는 불편함은 있었습니 다.

영화는 미국 아칸소주에서 삶을 일구어 나가는 이민 2세대들의 이 야기였습니다. 이야기는 아주 천천히 흘러갔습니다. 미국의 액션영화 에 길들어져 있는 사람들이라면 조금은 답답했을지도 모릅니다. 영 화는 엄마, 아빠, 딸, 아들 네 명의 가족이 차를 타고 허허벌판에 딸랑 바퀴 달린 이동식 주택만 있는 새로운 터전으로 이사하는 장면부터 시작됩니다. 대도시에서 병아리 감별사로 일하다가 농장을 일구는 새 로운 큰 꿈을 안고 왔지만 여러 가지 어려움에 직면하고 헤쳐 나가는 삶의 애환이 가득 담긴 영화였습니다. 가족이란 무엇인가를 생각하게 해 주는 영화이기도 했습니다. 한국인의 끈기와 도전정신도 볼 수 있 었습니다.

친정엄마가 아이들을 돌보기 위해 한국에서 온 장면에서는 돌아가신 엄마 생각이 나서 눈시울이 뜨거워졌습니다. 고춧가루, 멸치를 보고 감동하는 부분에서는 예전 영국에 살 때 생각이 났습니다. 영국에선 참외, 고들빼기, 한국 배가 없었습니다. 맛있는 멜론도 있고 서양 배도 있지만 우리나라처럼 육즙이 풍부하고 달콤하고 큰 배가 아니었습니다. 지금은 아마도 수입이 되어 있을지도 모르겠습니다. 깻잎은 어머니가 씨를 가지고 오셔서 화단에 심어서 잘 먹었습니다. 차이나타운에 가면 중국 라면은 많이 구할 수 있었지만 우리나라 신라면은 구하기가 어려웠습니다. 어느 부부가 컨테이너로 수입해서 사 먹은 적도 있었습니다.

어디서나 뿌리를 내리고 잘 자라는 미나리가 마치 우리 한국인처럼 그려졌습니다. 장면 중에 외할머니와 외손자가 미나리 밭 근처에서 뱀을 보고 손자가 돌멩이로 던지려고 하니 할머니가 "보이는 것이 안 보이는 것보다 더 안전하다."라고 말해 줄 때 전염병으로 온 세계가 들끓고 있는 작금의 현실과 딱 맞아 떨어진다고 생각을 했습니다. 고스톱을 어려서부터 가르쳐야 한다는 외할머니의 말속에서는 조기교육을 생각하는 우리네 부모님들의 생각을 읽을 수도 있었습니다. 웃긴 장면은 외손자가 밤에 오줌을 싼 것을 "딩동 브로큰."이라고 말했을 때였습니다.

이동식 주택에서 수돗물이 안 나와서 미나리 밭에서 물을 길어 오는 장면도 있는데 열악한 환경을 보여 주는 것이었습니다. 요즘 젊은 사람들은 상상도 못 할 곳에서 자란 저로서는 그렇게 힘들겠다는 생각이 들지는 않았습니다. 다만 그 당시의 미국생활에서는 아주 어렵게 생활하는 것이었을 겁니다. 어렸을 적 지낸 강원도 깡촌은 전기도 수돗물도 없는 곳이었습니다. 물론 나중에는 전기가 들어오기는 했습니다. 돌려서 다는 동그란 백열전구로 말입니다. 빨래는 사계절 냇가에서 빨았습니다. 먹을 물은 공동 수도에서 길어 오고 그마저도 안 나오면 냇물을 길어다 먹었습니다. 화장실도 공동 화장실이었습니다. 전화기는 구경도 못 했습니다. 세탁기, 냉장고가 어디에 있습니까? 어려운 시절을 살아오셨던 부모님 생각이 많이 났습니다. 오직 가족을 위해 온몸 다 바쳐 몸이 부서져라 일하셨던 엄마, 아버지께 감사합니다.

과정을 그린 영화이다 보니 아들 녀석은 기승전결이 없어서 조금은 어려운 영화라고도 했습니다. 옆에 서 있던 어느 관객은 생각보다 별로라는 말도 했습니다. 아마도 젊은 세대는 공감을 우리보다는 못할 수 있을 거란 생각을 했습니다.

아주 오랜만에 세계인들이 열광하는 감동적인 영화를 보았습니다. 외할머니 역할로 나온 배우 윤여정의 연기가 명품연기였습니다. 다른 배우들도 물 흐르듯 자연스럽게 연기를 잘했다고 생각합니다. 아카데미 상을 많이 받았으면 좋겠습니다. 물론 미국 자본으로 미국 사람이 만든 영화지만 한국말로 나오고 한국계 미국인이 만들어서 자랑스럽습니다. 우리나라도 문화강국이 되어서 어찌나 감사한지 모릅니다.

　지난 4월 10일(토)에 딸과 봄나들이를 다녀왔습니다. 사무실에 그냥 앉아 있기에는 억울하다고 엉덩이가 들썩이도록 봄날이 유혹했습니다. 마침 사무실이 한가하기에 남편에게 잠시 사무실을 부탁했습니다. 코로나로 인해 제대로 여행도 못 가고 움직이는 것 자체가 조심스러운 때입니다. 한창 재미있을 대학교 1, 2학년을 사이버 강의로 수업을 듣는 딸이 안타깝고 속상합니다. 하루속히 팬데믹에서 해방되어 일상으로의 회복을 기도합니다.

　딸 학교를 처음으로 방문했습니다. 교정에는 분홍, 붉은 철쭉들이 만개하여 축제에 초대된 것 같았습니다. 정갈하게 정돈되어 있어서 무척 예뻤습니다. 붉은 모란꽃을 카메라에 가득히 담았습니다. 김영랑 시인이 '모란이 지고 말면 그뿐, 내 한 해는 다 가고 말아 삼백예순 날 하냥 섭섭해 우옵내다'라고 하신 시구를 조금은 이해할 것 같았습니다. 시인은 다시 모란이 필 때까지 찬란한 슬픔의 봄을 기다리신다고 하셨습니다.

　라일락 흰 꽃도 피어 품위 있는 향을 내뿜고 있었습니다. 조지훈 시인의 시비도 볼 수 있어서 기뻤습니다. 승무가 멋들어지게 기록되어 있었습니다. 학교 건물들은 우리나라의 유수의 기업체에서 후원해서 지어졌나 봅니다. 건물마다 기업체 이름들이 들어가 있었습니다. 기업들에 감사합니다. 우리나라를 이끌어 갈 동량들에게 공간을 만들어 주어서 말입니다. 한 건물은 아예 독서실처럼 되어 있다고 했습니다. 고시생들이 주로 밤낮으로 공부하는 곳이랍니다. 이런 복지가 있는 것도 감사했습니다.

잠깐 벤치에 앉아 사진도 찍고 다람쥐길 벤치에서는 다람쥐와 나란히 앉아 딸과 이런저런 대화도 나누었습니다. 교정을 둘러본 후 빵집에 가서 대왕카스텔라와 호두과자를 샀습니다. 대만에 갔을 때 마침 대왕카스텔라 집들이 다 문을 닫아서 대왕오징어만 먹었었는데 대왕카스텔라 오리지널로 사 왔습니다. 호두과자도 속에 팥이 꽉 차 있어서 맛있었고, 대왕카스텔라도 속이 포근하고 말랑해서 맛있었습니다.

잠시 딸과 함께 콧바람을 쐬고 오니 아주 상쾌합니다. 다음 주부터 중간고사인 딸의 공부시간을 조금 뺏어 미안하긴 하지만 예쁜 추억이 되리라 생각합니다. 학교에 장미꽃이 피면 붉은 덩굴장미가 아주 예쁩니다. 그때는 남편과 함께 학교를 다시 방문할 예정입니다.

2021.4.18.

　사랑하는 우리 아들 서른 살 생일을 축하한다. 가장이 된 후 첫 번째 맞이하는 생일이라 더 뜻깊고 좋구나. 잘 자라서 예쁜 색시랑 결혼도 하고 기특하다. 엄마, 아빠는 성욱이가 우리 아들이라 늘 자랑스럽고 기쁘단다.

　오랜 기도로 우리에게로 온 너였기에 너무도 감사하고 고맙다. 예정일보다 일찍 태어나서 엄마 젖도 제대로 못 빨아 얼마나 마음이 아팠는지 모른단다. 킹스턴병원에서 신생아 황달이 왔다고 퇴원을 안 시켜 주어서 꼬박 8일간 병원에 있었구나. 퇴원하던 날 영국 현지에 근무하는 아빠 회사 여직원도 와서 함께 축하해 주었단다. 오랜만에 쏘이는 바깥바람이 무척이나 상쾌하고 좋았단다. 눈부신 벚꽃들이 만개하였고 봄볕은 또 얼마나 따뜻했던지.

　이제 새 가정을 이루었으니 누구보다도 행복하게 살아가리라 믿는다. 늘 너를 사랑하고 응원하는 가족이 있음을 잊지 마라. 날마다 아들 가정을 위해 기도한단다. 서로 섬기고 사랑하며 아름다운 가정을 만들어 가려무나. 엄마, 아빠가 우리 아들 많이 많이 사랑한다.

사랑하는 엄마가

2021년 5월 8~9일 1박 2일로 효도여행을 다녀왔습니다. 여행지는 항구 도시 군산이었습니다. 우리 가족 군산여행은 이번이 처음이었습니다. 코로나19의 장기화로 인해 여행은 언감생심 꿈도 못 꾸다가 이번에는 한번 다녀오자고 의기투합했습니다. 딸 일정을 감안해서 계획을 잡다 보니 마침 어버이날이 되었습니다. 넉분에 자연스럽게 효도여행이 되었습니다. 아들이 호텔은 예약해 주었고 나머지 경비는 딸이 부담했습니다.

사무실 문을 오후 3시 30분쯤 일찍 닫고 남편과 함께 용산으로 출발하였습니다. 딸은 용산역 근처 카페 가서 학교 과제를 한다고 조금 더 일찍 출발하였습니다. 셋이서 이른 저녁을 먹고 오후 6시 20분 무궁화호 익산행에 올랐습니다. 서연이는 KTX만 타 보고 처음으로 무궁화를 탔다고 합니다. 기차에서 공부하려고 노트북도 챙겨 왔는데 자리에 식탁이 없어 무릎 위에 올려놓고 할 수밖에 없었습니다. 우리에게는 익숙한 풍경이지만 딸에게는 낯선 환경이었나 봅니다. 속도도 너무 느리고 의자나 안의 시설물들이 낡고 오래되어 조금은 놀란 것 같습니다.

저녁 9시 40분에 군산역에 도착하여 택시로 라마다호텔까지 이동했습니다. 호텔은 깔끔하였지만 4성급 호텔이라 기대를 너무 했는지 아담하다는 생각을 했습니다. 사실 아이들 어렸을 때 국내여행을 주로 했고 그때의 숙소는 대부분 민박을 했습니다. 그 이후로는 국내여행을 한 일이 별로 없어서 어설펐습니다.

여행 와서는 야식을 먹어야 한다며 딸은 닭강정을 배달시켰습니다. 호텔로 배달해 주는 것도 신기했습니다. 단지 1층까지 가서 받아 오기는 했습니다. 매콤 달콤 닭강정은 맛있었습니다. 딸은 늦게까지 책상에 앉아서 과제를 마무리했습니다. 엄마, 아빠랑 여행 온다고 자투리 시간에 과제도 하고 비용도 지불하는 딸이 기특하기도 하고 고마웠습니다.

이튿날 새벽 일찍이 눈이 떠졌습니다. 호텔을 나와 보니 쭉쭉 뻗은 메타세쿼이아 나무들이 멋들어지게 줄지어 서서 우리를 반겼습니다. 인도 폭도 넓어서 안정감이 들고 좋았습니다. 남편과 함께 숙소 근처인 은파호수공원으로 산책을 나갔습니다. 공원입구에서 체조를 간단히 하고 운동기구에서 운동도 했습니다. 몇몇 남성분들이 반팔 차림으로 모이기에 조기축구회 하시는 줄 알았는데 이분들은 호수를 뺑 둘러 마라톤을 하였습니다.

호수는 자연친화적이고 멋있었습니다. 물빛다리도 예쁘고 둘레길이 잘 조성되어 자전거 타시는 분, 조깅 하시는 분, 산책하시는 분들이 있었습니다. 환상적인 물안개도 보고 햇빛에 반짝이는 은빛 물결들도 보았습니다. 분수대도 있었지만 우리가 간 시간에는 가동하지는 않았습니다. 워낙 넓고 길어서 오붓하고 호젓하게 산책을 할 수 있었습니다. 호수 주위에는 노란 꽃창포가 무리 지어 피어 있었습니다. 꽃창포를 이렇게 많이 보는 것도 처음입니다. 분홍색 꽃잔디, 하얀 마가렛, 딸기꽃, 아카시아꽃, 자주괴불주머니, 애기똥풀들과도 인사했습니다. 벚꽃길이 조성되어 있어서 해마다 4월에는 멋진 벚꽃들을 만날 수 있겠습니다.

아침 산책을 조금 과하게 한 후 아침 겸 점심으로 유명하다는 한일옥을 찾았습니다. 대기자들이 제법 많았습니다. 다행히 20여 분을 기다린 후에는 자리에 앉을 수 있었습니다. 남편과 딸은 소고기 뭇국을 시키고 저는 콩나물국을 주문했습니다.

맛난 식사 후 본격적인 여행이 시작되었습니다. 처음 들른 곳은 '초원사진관'으로 예전에 영화 〈8월의 크리스마스〉를 촬영한 곳이라고 합니다. 사진관을 배경으로 기념촬영도 하고 내부에 들어가서 구경도 하고 역시 사진도 찍었습니다. 거리 곳곳에 지도도 있고 표지판도 잘되어 있어서 길을 찾기에 좋았습니다.

신흥동일본식가옥도 방문하고 동국사도 방문했습니다. 일본식 가옥들은 예전 일본 지주들의 생활상을 엿볼 수 있는 곳이었습니다. 정원도 아담하게 꾸며져 있고 비교적 잘 보존되어 있었습니다. 코로나 19로 인해 내부는 관람을 못 하고 외부만 볼 수 있었습니다. 동국사는 우리나라에 있는 유일한 일본식 사찰이라고 합니다. 또한 유일하게 소녀상이 있는 사찰이기도 하답니다.

여기저기 돌아다니다 보니 발도 아프고 해서 분위기 있는 카페에서 잠시 쉬었습니다. '신민회'라는 이름의 카페였는데 아직 가 개업만 했다고 했습니다. 딸은 아이스 아메리카노, 저는 망고 스무디, 남편은 초코 라떼를 주문했습니다.

시원 달콤한 음료로 재충전을 하고 우리나라 3대 빵집이라는 이성당으로 갔습니다. 여기도 대기 줄이 만만치 않았습니다. 시간 절약을 위해 우리는 대기 줄이 짧은 단팥빵, 야채빵 외 다른 빵들을 파는 옆쪽 건물에서 택배로 줄을 서서 주문을 했습니다.

다음으로는 걸어서 인근의 뜬다리 부두를 갔습니다. 바다를 보니 시원했습니다. 뜬다리 부두에는 배들이 정박해 있었습니다. 일제강점기 때 수많은 곡식을 수탈해 갔던 곳이라고 합니다. 호남관세박물관에서도 기념촬영을 했습니다. 이곳은 국내 있는 서양 고전주의 3대 건물 중 하나라고 합니다. 군산근대역사박물관에서는 시간을 내어 관람을 하였습니다. 근대문화자원으로는 전국최대 문화자원을 전시하고 있다고 합니다.

오후 5시 15분 용산행 무궁화호가 예약되어 있어서 조금 서둘러서 경암동 철길마을로 택시를 타고 이동했습니다. 택시기사님에 따르면 원래 군산이 합판업이 발달 되었던 곳이라고 합니다. 합판업이 성황할 때는 온 군산시민들을 먹여 살렸다고 합니다. 합판업이 사양산업이 되어 없어지자 석탄 운송용으로 철길이 주로 사용되었었는데 용도가 필요 없어서 곤란한 지경이었다고 합니다. 지금은 운 좋게도 교복대여도 하고 철길 옆쪽으로 가게들이 줄지어 서서 지역상권을 살리고 있다고 했습니다.

남편과 딸 우리 3명은 옛날 교복을 대여해서 갈아입고 철길여행을 떠났습니다. 연탄불에 앉아서 달고나도 직접 만들어 보았습니다. 서연이는 총으로 쏘아 인형 맞추기 게임을 했습니다. 총 8발을 주었습니다. 처음에는 하얀색 고양이를 맞추려고 했는데 총알이 약해서인지 조금씩 흔들거리기만 하고 떨어지지는 않았습니다. 마지막 발에서 타깃을 위에 있는 조금 작은 호돌이로 정했더니 명중을 하여 쏘아서 떨어뜨렸습니다. 서연이가 이렇게 총을 잘 쏘는 줄 처음 알았습니다.

40여 년 만에 다시 예전의 교복을 입고 사진도 촬영하니 감회가 새로웠습니다. 아이들 덕분에 즐거운 여행을 했습니다. 아픈 역사지만 일제강점기 당시의 건물들을 잘 관리하고 보존하여 관광지로도 활용하고 있는 군산시가 자랑스럽습니다. 다른 도시들도 예전의 것들을 잘 관리하고 보존하여 후손들에게도 알려 주고 세계적인 관광지로도 개발하면 좋겠다는 생각을 했습니다. 조금 아쉬웠던 점은 군산에 가서 바다 구경도 하고 회도 먹었어야 하는데 시간의 제약이 있어서 모두 경험해 보지 못한 것입니다.

✳ 2021년 6월에 2021.6.9.

2021년도도 어느덧 중반을 지나고 있습니다. 봄부터 꽃들은 피고 지고 피고 지고 세상을 아름답게 합니다. 연한 홍색의 수국이 어찌나 탐스럽고 예쁜지 모릅니다. 꽃들의 여왕이라고 할 붉은 장미는 어느새 그 붉은 꽃잎들을 떨구고 있습니다. 그래도 한 달도 넘게 곁에 있어 줘서 너무도 행복했습니다. 아침저녁으로 지나는 여고 담장의 붉은 장미는 그리 많은 비를 맞고도 처연하게 자리를 굳건하게 지켜 주어 고마웠습니다. 출퇴근할 때마다 가던 길 멈추어 눈 맞추어 인사했습니다. 엔젤스트럼펫도 피어 나팔 불고 있습니다. 노오란 애기똥풀과 산괴불주머니는 아주 오래 피어 있어서 예쁩니다. 신비한 분위기를 풍기는 자주 달개비도 새초롬히 피어 꽃 자랑을 합니다.

올해는 유난히도 5월에 비가 이틀에 한 번씩 내렸습니다. 5월 중 가장 많은 강수일수를 기록했다고 합니다. 계절의 여왕이란 수식어가 무색하게 되었습니다.

남편은 어제 사무실 2층에 있는 의원에서 코로나19 백신을 맞았습니다. 처음에는 아스트라제네카 백신이 혈전도 생기게 하고 부작용이 많다고 해서 접종을 꺼렸습니다. 50대가 7월에 백신을 맞는다고 해서 저는 백신 접종을 할 것이라고 남편에게 말을 했습니다. 남편은 제 말

한마디에 생각을 바꾸어 자기도 접종하겠다고 했습니다. 본인이 먼저 맞아서 확인을 한다고 말입니다. 고마웠습니다. 접종 예약을 하고 꾸준히 기도를 했습니다. 다행히 남편은 아무 증상도 없습니다. 아직은 더 기다려 봐야지만 너무도 감사합니다. 아이들도 걱정이 되어서 전화 오고 문자 오고 해열제 준비했는지 확인도 했습니다. 모두가 한맘으로 기도한 덕분에 아무 증상도 없어서 정말 감사합니다.

저는 지난주 금요일에 왼쪽 아래 어금니 두 개를 임플란트로 박았습니다. 마취를 하고 수술 시간만 1시간 이상이 걸렸습니다. 퇴근해서 보니 왼쪽 얼굴이 부은 모습이 보였습니다. 꾸준히 약도 먹고 시간나는 대로 얼음찜질을 했는데도 아직 붓기가 있습니다. 어금니 수술을 하면서 옛날 어른들이 치아가 튼튼한 것이 오복 중 하나라고 하신 말씀이 이해가 갔습니다. 인간의 수명이 길어진 것도 치과의술이 좋아지면서부터라고 합니다. 임플란트를 할 수 있는 시간과 금전을 주심에 감사합니다.

친정엄마는 틀니를 하셨었습니다. 온 나라가 너무도 가난하던 시절에 엄마는 저를 출산하고 먹을 게 없어서 고들빼기 쌈을 많이 잡수셨답니다. 당신은 그래서 치아가 솎여서 고생하신다고 하셨습니다. 어느 날 엄마가 사무실로 전화를 주셨는데 "살고 싶은 생각이 없다."라고 하셨습니다. 연유를 물으니 이가 아파서 음식을 먹을 수도 없고 고통스럽다고 하시는 겁니다. 마침 남편 지인의 친척이 치과를 운영하신다고 해서 엄마를 모시고 사당동 치과를 가 틀니를 맞추어 드렸습니다. 그때의 엄마 연배에 이르니 엄마 치아 생각이 납니다.

코로나19 백신을 맞는 속도가 가증되어 곧 전 국민의 25%가 백신 접종을 할 수 있다고 합니다. 하루빨리 집단면역을 달성하여 일상으로의 회복을 기도합니다. 오늘 신문에 보니 대학생들도 2학기부터는 대면 강의를 한다고 합니다. 우리 딸은 대학교 입학식도 못하고 친구들 얼굴도 모르고 어쩌다 학교에 시험 보러 가면 화면으로만 본 교수님들 얼굴이 연예인 보는 것 같다고 했습니다. 이 땅에서 코로나19가 종식되어 마음 놓고 보고 싶은 얼굴들 만날 수 있기를 바랍니다.

✳ 제주도를 다녀와서

올해 정부에서는 광복절이 주일이라 8월 16일을 대체공휴일로 정했습니다. 덕분에 큰 맘 먹고 제주도여행을 감행했습니다. 남편은 올해 실제 나이는 진갑입니다. 작년에 회갑을 맞았지만 평균 수명이 올라가서 예전같이 환갑잔치를 하지는 않습니다. 다만 해외여행이라도 다녀오리라 생각했는데 뜻하지 않은 코로나19로 인해 꼼짝없이 아무것도 할 수 없었습니다. 이름 있는 해인데 진갑까지 그냥 넘기기는 아쉬워서 국내여행이라도 갔다 와야지 생각했습니다. 추석 연휴가 길어서 그때 가려고 했더니 비행기 값, 숙박비가 너무 비쌌습니다. 광복절 연휴 동안 제주도여행 경비를 계산해 보니 만만치 않았습니다. 예전에 해외여행 패키지로 다녀온 기억이 나서 여행사에 알아보니 괜찮은 가격이었습니다. 남편과 의논해서 바로 예약을 하였습니다.

— 첫째 날 2021.8.14.(토)

오후 2시 40분 비행기가 예약되어서 이른 점심을 먹고 김포공항으로 오전 11시 30분에 출발하였습니다. 공항선을 갈아타고 김포공항역에 내리니 아주 편리했습니다. 짐도 따로 부치지 않아도 되고 모바일 항공권을 발급받으니 바로 3층 검색대를 통과할 수 있었습니다. 시간이 너무 많이 남아서 남편과 함께 우동 한 그릇씩을 또 먹었습니다. 오랜만에 비행기를 타니 진짜 여행 기분이 나서 좋았습니다. 하늘은 수많은 구름 떼가 몰려다녀 솜사탕 같기도 하고 솜털 같기도 한 구름바다였습니다. 황홀경에 취해 수없이 카메라 셔터를 누르며 하늘을 날았습니다.

제주도에 도착하니 비가 내렸습니다. 가이드의 안내로 승합차로 이동하여 가장 먼저 용두암으로 향했습니다. 33년 전에 신혼여행 왔을 때 용두암에서 사진 찍었던 생각이 났습니다. 저녁 시간이 다 되어서 식당에서 돔베고기정식을 푸짐하게 먹었습니다. 빈찬도 다양하게 나오고 고등어조림도 같이 나와서 맛나게 먹었습니다.

— 둘째 날 2021.8.15.(일)

동양에서 가장 큰 동백 수목원인 카멜리아힐이 처음 방문지였습니다. 동백꽃이 핀 모습은 보지 못했지만 빨간 동백나무 열매가 가득 달린 풍성한 모습을 볼 수 있었습니다. 수국도 많아서 수국이 필 때는 정말 아름다운 꽃 천국이 되리라 생각했습니다.

45인승 버스에 총 17명이 팀으로 움직였는데 요트투어는 우리 부부만 예약되어 있었습니다. 남편과 함께 요트 앞에서 폼 잡고 사진도 찍었습니다. 아주 가까이 바다를 볼 수 있었고 시원한 바람에 절로 신이 났습니다. 낚시체험 때는 남편이 고기를 잡아서 기념사진도 같이 찍었습니다. 다만 물결이 너무 요동을 치니 멀미가 나서 우리 부부는 고생을 했습니다. 요트를 같이 탄 일행 중에 허리가 많이 굽은 할머니를 모시고 온 가족도 있었습니다. 아름다운 모습이었습니다.

점심으로는 맛있는 고등어조림을 먹고 우리 부부는 다시 버스 일행들과는 달리 가파도여행을 했습니다. 모슬포항에서 정기여객선을 타고 약 15분을 이동했습니다. 가파도는 우리나라에서 가장 키가 작은 섬이라고 합니다. 섬 전체가 온전히 평지라 섬 모두가 한눈에 들어왔습니다. 봄에는 청보리가 물결친다고 하는데 요즘은 노오란 꽃들이 가득 피어 있어서 이 또한 장관이었습니다. 소망전망대에 오르니 마라도가 마치 배가 정박해 있는 것 같이 보였습니다. 풍력발전소의 거대한 바람개비도 보았습니다. 저녁으로는 회 정식을 남편과 둘이 오붓하게 먹었습니다.

— 셋째 날 2021.8.16.(월)

에코랜드는 기차를 타고 구경했습니다. 영국에서 수제품으로 제작된 링컨 기차라고 합니다. 총 30만 평의 곶자왈 부지에 호수도 만들고 산책과 피크닉도 할 수 있도록 예쁘게 꾸며져 있었습니다. 기차가 중간중간 정차하는데 우리 팀은 시간이 많지 않아 곧장 종착역까지 갈 수밖에 없었던 점이 아쉬웠습니다. 다음으로는 팀원들과 모두 함께 승마체험을 했는데 무척 재미있었습니다. 이번에 말이 참으로 영리한 동물이라는 것을 알게 되었습니다. 말은 결코 눕는 일이 없다는 것도 배웠습니다. 언제 먹힐지 모르니 항상 대비하기 위함이란 말을 듣고는 안타까운 마음도 들었습니다.

중식으로는 고사리 흑돼지 주물럭과 좁쌀 막걸리를 먹었습니다. 제주의 전통을 그대로 보존하고 있는 성읍마을을 방문했습니다. 지대가 높고 물이 없어서 논농사를 못 지으니 쌀밥 구경은 어려웠다고 합니다. 초가지붕이 정겨웠습니다. 여기 지붕은 갈대로 엮어서 한다고 합니다. 초가지붕에서 굼벵이를 잡아서 약용으로 판다고도 합니다. 이곳 굼벵이는 등으로 기어 다니는 것이 특이했습니다.

평생을 서 있는 말뼈가 가장 튼튼하다고 합니다. 말 다리에서 추출한 골수를 환으로 만들어서 팔았습니다. 뼈에 아주 좋다고 해서 7개월간 먹을 수 있는 양을 샀습니다.

허브마을에서는 족욕체험을 하였습니다. 금도금을 한 대야에 종아리까지 푹 담그고 허브로 만든 소금과 오일 등으로 마사지하니 아주 시원했습니다.

선택관광으로 잠수함을 타고 아름다운 바닷속체험을 하려고 비용까지 모두 가이드에게 주었는데 안타깝게도 배가 뜰 수 없다고 했습니다. 잠수함 탈 확률이 30%밖에 안 된다고 하니 어쩔 수 없었습니다. 그 시간에 아쿠아리움을 방문했습니다. 일부는 올레길로 가기도 했습니다. 동양 최대이며 세계 10대 아쿠아리움이라고 합니다. 수많은 해양 동물들을 보고 무서운 이빨을 가진 상어도 보았습니다. 아주 큰 덩치의 물고기가 좁은 수족관을 헤엄치는 것을 볼 때는 불쌍하기도 했습니다. 네 사람이 오리발을 끼고 수족관 안에서 훈련을 하는 모습도 볼 수 있었습니다. 물고기 떼들과 상어와도 기념 촬영을 했습니다.

저녁식사로는 제주항 인근에 있는 해녀촌에서 해녀국수와 회덮밥을 먹었습니다. 국물이 정말 구수하고 맛있었습니다.

2박 3일 동안 알차고 재미나게 잘 다녀왔습니다. 새벽 6시부터 기상해서 부지런히 쫓아다닌 강행군이었습니다. 30년 이상 가이드를 한 베테랑 가이드가 설명도 잘해 주어 많이 배울 수 있었습니다. 아쉬운 점은 패키지여행이다 보니 한군데서 느긋하게 보낼 수 없고 시간에 쫓기어 다녔다는 것입니다. 시리우스호텔도 깔끔하고 수영장까지 있어서 좋았습니다. 가파도에서 느긋하게 둘이서만 시간을 보낸 것도 예쁜 추억으로 남을 겁니다.

당신의 예순한 번째 생신을 축하드립니다. 아침마다 함께 뒷동산을 오르고 예쁜 꽃들을 함께 봐 주셔서 고맙습니다. 집안일도 많이 도와주셔서 감사합니다. 독학으로 피아노를 배우고 연주하는 당신을 존경합니다. 당신 진갑을 맞아 둘이서 제주도여행을 다녀와서 아주 좋았습니다. 요트를 타고 시원한 바닷바람도 맞고 조랑말을 타며 즐거웠습니다. 가파도에서 유유자적하던 시간이 추억이 되겠지요.

아들 결혼시켜서 예쁜 가정 이루는 모습을 보니 감사하고 고맙습니다. 귀여운 우리 딸 장하게도 졸업할 때까지 등록금 걱정 없이 공부하게 되어 또한 너무도 감사합니다.

함께한 만 33년의 세월이 어찌 지나갔는지 모르겠습니다. 앞으로도 서로를 더욱 위해 주고 사랑하며 살아요 우리. 하루속히 팬데믹에서 회복되어 교회에서 당신의 클라리넷 연주를 듣고 싶습니다. 항상 기쁘고 즐겁게 살아갑시다. 늘 건강 유의하시고 아침 운동 꾸준히 같이하면 좋겠습니다. 사랑합니다.

사랑하는 당신의 아내 올림

✳ 부산을 다녀와서

지난 2021년 10월 10일~11일 양일간 서연이와 함께 부산을 다녀왔습니다. 딸이 요즘 일본어로 새로 구입한 애니메이션을 영화로 만든 작품을 보러 부산국제영화제를 가자고 제안을 했습니다. 마침 10월 11일이 대체공휴일이어서 남편에게 사무실을 부탁하고 둘이서 다녀오게 되었습니다.

10월 10일 주일 예배를 마치고 점심식사 후 오후 한 시에 서울역으로 출발하였습니다. 오후 2시 17분 KTX를 타고 부산에 도착하니 오후 4시 40분경이었습니다. 숙소까지는 택시로 이동하려고 승강장에서 택시를 탔는데 얼마나 차가 막히는지 머리가 딱딱 아팠습니다. 그래도 부산항에 산적해 있는 컨테이너들의 웅장함을 보니 수출한국의 기상이 느껴지고 멋있었습니다.

호텔에 예상보다 아주 늦은 시간에 겨우 도착을 하여 여장을 풀었습니다. 시원한 바다 정경이 눈앞에 펼쳐지는 21층이 우리 숙소였습니다. 불편한 부분은 엘리베이터를 두 번 갈아타고 가는 구조로 되어 있는 것이었습니다.

영화관 가는 길에 젊은이들 핫플레이스라고 하는 고니즈도넛집에 들러서 간단히 요기를 하였습니다. 우리 딸은 어찌나 감탄하면서 잘 먹던지요. 전철로 센텀시티로 이동을 해서 회전초밥집에서 저녁을 먹으려고 했습니다. 웬걸요. 사람들이 줄을 서서 기다리고 있어서 영화 시간에 맞추려면 어려울 것 같아서 포기했습니다. 도넛을 먹고 온 것이 신의 한 수가 되었습니다.

야외극장은 지붕이 총천연색 불빛도 들어오고 너무도 멋졌습니다. 시원한 바람과 함께 영화감상을 하니 좋았습니다. 다만 맨 앞이라 고개가 아주 아파서 고생을 많이 했습니다. 국제영화제다 보니 아래쪽에는 영어 자막이 나오고 옆에 세로로 한글 자막이 나와서 읽기 불편했고 화면 불빛 때문에 글씨가 잘 안 보일 때도 많았습니다. 영화가 다 끝났을 때 관객들이 모두 다 박수를 치는 것이 인상 깊었습니다. 다시 전철로 이동을 해서 해운대역에 내려서 미리 주문해 놓은 모둠회를 가지고 호텔에 와서 야식을 즐겼습니다.

둘째 날 오전 7시에 해운대 백사장을 지나 동백섬 산책에 나섰습니다. 아침에 일찍 일어나는 것을 무지 싫어하는 서연이가 엄마를 위해서 함께 산책을 해 주어 고마웠습니다. 계속 바다를 보며 산책할 수 있도록 데크로 되어 있어서 걷기도 좋았습니다. 계단이 많았지만 시원한 바닷바람이 땀을 식혀 주고 무엇보다 사랑하는 딸과 함께 조잘거리며 손잡고 걸으니 최고였습니다. 오전 9시부터 서연이 학교 수업이 있어서 동백섬 전체를 다 돌지는 못하고 벡스코까지만 갔다가 되돌아왔습니다. 오는 길에는 맨발로 백사장을 걸으며 바닷물에 발을 담그고 걸어왔습니다. 해운대 화장실 옆에 발 씻는 물이 있어서 아주 편리했습니다. 편의점에서 구운 계란과 튀김 우동면을 사 와서 아침으로 먹었습니다. 서연이가 강의 듣는 동안 나갈 채비를 마쳤습니다.

점심으로는 어우동에서 우동과 떡볶이를 먹고 해운대 바다에서 한없이 바다를 보며 멍 때렸습니다. 남편과 동생에게 화상으로 전화를 걸어 해운대 풍경을 보여 주기도 했습니다. 바다에서 여유로운 시간을 보내고 동백섬 반대편으로 해변을 따라 걸어서 스카이캡슐을 타러 갔습니다. 한참을 기다린 후에 스카이캡슐에 오르니 동화 속에 온 것 같았습니다. 알록달록하고 귀여운 캡슐 속에서 서연이와 둘이서만 바다를 보며 하늘을 걸었습니다. 발아래에는 데크로 되어 있는 산책길을 사람들이 걷고 있었습니다.

30여 분 캡슐로 이동한 후 택시를 타고 해동용궁사로 향했습니다. 도착해서 씨앗 호떡이 먹음직해 보여 하나 사 먹었습니다. 고소하고 달콤하니 맛있었습니다.

해동용궁사 입구 쪽에는 십이지신상들이 띠 순서대로 도열해 있어서 태어난 띠에 가서 함께 사진도 찍었습니다. 바다와 어우러져 있는 용궁사는 아주 멋있었습니다. 그야말로 절경이었습니다. 돌탑들이 또한 예뻤습니다. 좁은 돌 틈 사이로 길이 났는데 그 사이로 수도 없이 파도가 밀려와 철썩거렸습니다. 파도가 밀려가면서 자갈들이 내려가며 도르르 소리를 내는데 마치 노래와도 같았습니다.

용궁사 관람을 마치고 아픈 다리도 쉴 겸 송정동핫도그 가게에 들어갔습니다. 카페와 함께 운영을 해서 핫도그와 서연이는 커피 저는 자몽에이드를 주문했습니다. 핫도그는 명성대로 아주 맛있었습니다. 겉은 바삭하고 속은 부드러우며 달콤하고 고소했습니다. 안에는 소시지와 치즈가 들었는데 계속 치즈가 쭉쭉 늘어져 따라 나왔습니다. 밖에 나와서 다른 가게에서 어묵과 떡도 시켜서 먹었습니다. 잠시 쉬는 시간을 갖고 다시 택시로 부산역까지 이동했습니다. 이동하는 시간에는 오수를 즐겼습니다.

부산역에서 저녁식사로 낙지 삼겹살볶음을 주문해서 먹었습니다. 서연이는 이렇게 통통한 낙지살은 처음 먹어 본다고 했습니다. 부산역에서 저녁 7시 5분에 KTX를 타고 출발하였습니다.

처음 정차한 역은 울산역이었습니다. 울산 하니 9년 전 남편이 울산에서 근무하던 생각이 나서 울컥했습니다. 이 주일에 한 번씩 고단한 몸을 이끌고 남편도 이렇게 기차를 타고 왔겠거니 생각했습니다. 평생 펜대만 굴리다가 살아 보겠다고 가장의 책무를 다해 보겠다고 육체노동을 처음 시작했던 남편이었습니다. 자기보다도 한참 어린 동생들과 함께 노동을 했습니다. 결국에는 장들이 탈출하여 수술까지

했습니다. 훈장으로 배꼽 밑에 자국이 있는데 마치 또 다른 배꼽같이 보여서 목욕탕에서 어떤 이가 배꼽이 두 개냐고 물었다는 웃지 못할 일도 있었습니다.

서연이와 단둘이서만 여행은 처음이었습니다. 남편에게는 미안했습니다. 남편은 다음에도 사무실 지킬 테니 또 다녀와도 된다고 하며 괜찮다고 했습니다. 간밤에는 옆구리가 시려서 잠을 잘 못 잤다고 하며 아내의 소중함을 더 깨달을 수 있었다고도 했습니다. 딸 덕분에 후다닥 다녀왔는데 원 없이 바다를 본 아름다운 여행이었습니다.

오늘은 달콤한 초코 과자를 나누는 빼빼로데이입니다. 며칠 전 새 아가가 빼빼로를 세 가지 종류대로 각각 10통씩 총 30통을 선물로 보내왔습니다. 덕분에 하루에도 2~3통씩 맛보며 즐깁니다.

우리 새아가는 손이 큽니다. 음식을 해도 양도 많이 하고 나누어서 먹습니다. 추석 때도 아들네를 다녀왔는데 새우젓을 얻어 와서 며칠을 실컷 먹었습니다. 옥수수도 많이 삶아서 가지고 와 냉동고에 넣고 맛있게 먹었습니다. 며늘아기는 이쁜 짓을 많이 합니다. 이제 한 달 뒤에는 우리 첫 손녀딸이 태어납니다. 너무도 기대되고 설렙니다. 하루하루를 손꼽아 기다립니다. 얼마나 이쁠까요?

오늘은 이름이 열 개도 넘게 있는 날이라고 합니다. 그중에 하나는 6·25 전쟁 참전국 22개국 생존 용사들의 '부산을 향하여'라는 추모 행사 날입니다. 세계 어느 곳에 있든지 부산을 향해 거수경례를 하고 1분간 묵념을 합니다. 부산 유엔기념공원은 전 세계에 하나밖에 없는 유엔군 묘지이고, 열한 개 나라의 2천여 명의 유해가 안장되어 있습니다. 우리 국민 모두 우리를 위해서 함께 목숨을 바쳐 싸워 주었던 유엔군들의 은혜를 잊지 말아야 한다고 생각합니다.

바람이 제법 쌀쌀합니다. 가을이 간다고 인사하는 것도 같습니다. 맑고 푸른 하늘에 하얀 구름들이 떠갑니다. 때로는 눈 되어 내리다가 비 되어 내리기도 하겠지요. 언젠가는 시냇물이 되어 흐르다가 강물이 되어 흐르고 바닷물 되어 친구들 모두 만나겠지요. 세월 흐르면 다시 하늘로 올라 구름 되어 유유히 떠다니겠지요.

찬바람에 나뭇잎이 우수수 떨어집니다. 곱던 나뭇잎들이 다 떨어지고 벌써 앙상한 가지만 남은 나무들도 있습니다. 아직은 물이 들지 않은 나뭇잎들도 있고 떨어진 나뭇잎들보다 남아 있는 나뭇잎들이 많아서 행복합니다. 온몸을 노랗게 물들인 은행나무가 멋집니다. 건너편 산에 형형색색 옷 갈아입은 나무들이 아름답습니다. 아름다운 것들은 항상 오래 머물지 않습니다. 봄에 꽃들도 가을의 단풍들도 마찬가지입니다. 우리네 인생도 그리 오래 머물지는 못합니다. 하나님께서 부르시면 "네." 하고 달려갈 수밖에 없습니다. 이 땅에 소풍 왔으니 날마다 기쁘고 즐겁게 살다가 가야지요.

✷ 사랑하는 서연이에게   2021.12.3.

　　세상에서 가장 귀엽고 예쁜 우리 딸, 스무 번째 생일을 축하한다.
오랜 기도와 기다림 끝에 찾아온 너였기에 더욱 귀하고 고맙고 기쁘
단다. 항상 제 몫을 그 이상으로 잘하고 있는 서연이가 늘 자랑스럽고
대견하구나. 코로나 팬데믹 속에서 학교도 제대로 못 가고 벌써 대학
교 2학년을 마무리할 시기가 왔으니 얼마나 속상하고 기기 막히니?
하지만 우리 긍정적인 시각으로 바라보기만 하자. 이 또한 지나간단
다. 훗날 우리 웃으며 이야기할 날이 반드시 올 거야. 교환 학생으로
외국 나가서 공부도 해 보고 여러 좋은 경험들을 쌓을 수 있도록 하
루속히 코로나에서 해방되기를 날마다 기도한단다. 아르바이트한다
고 수고가 많구나. 무엇이든 너의 인생에 있어서 좋은 약이 되리라 생
각한다. 짬짬이 필라테스, 요가도 하고 책도 많이 읽고 시간을 아껴
쓰는 우리 딸은 분명히 대성하리라 믿는다.

　　지난번에 네 덕분에 부산국제영화제도 가 보고 부산 구경도 하고
아주 좋았구나. 시간을 내어 외국이든 국내든 여행도 하고 맛있는 것
도 많이 먹고 늘 웃으며 살자. 엄마, 아빠가 우리 딸 아주 많이 많이
사랑한다.

　　　　　　　　　　　　　　　　　　　　　　사랑하는 엄마가

몇 번의 계절을 지나

초판 1쇄 인쇄 2022년 03월 02일
초판 1쇄 발행 2022년 03월 09일

지은이 유금복
펴낸이 류태연

편집 김수현 | **디자인** 조언수

펴낸곳 렛츠북
주소 서울시 마포구 양화로11길 42, 3층(서교동)
등록 2015년 05월 15일 제2018-000065호
전화 070-4786-4823 | **팩스** 070-7610-2823
이메일 letsbook2@naver.com | **홈페이지** http://www.letsbook21.co.kr
블로그 https://blog.naver.com/letsbook2 | **인스타그램** @letsbook2

ISBN 979-11-6054-536-4 03810